완벽하지 않은 것들을 동경하기로 했다.
그게 우리의 삶이라 칭하며
그것들과 함께 하기로 했다.

다
괜찮다

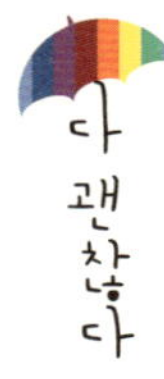

초판 1쇄 발행 2017년 3월 2일
초판 3쇄 발행 2017년 4월 17일

지은이 흔글 · 해나

발행인 장상진
발행처 (주)경향비피
등록번호 제2012-000228호
등록일자 2012년 7월 2일

주소 서울시 영등포구 양평동 2가 37-1번지 동아프라임밸리 507-508호
전화 1644-5613 | **팩스** 02) 304-5613

ISBN 978-89-6952-160-6 03810

· 값은 표지에 있습니다.
· 파본은 구입하신 서점에서 바꿔드립니다.

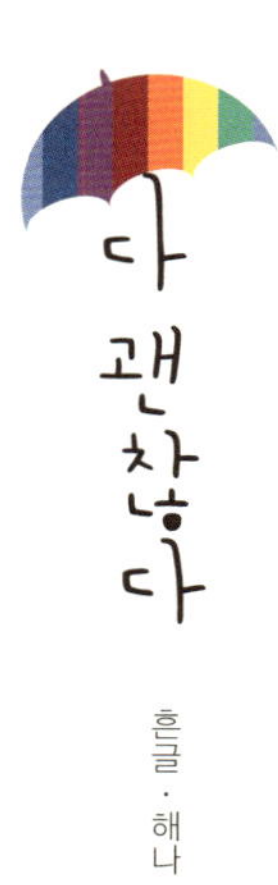

다 괜찮다

흔글 · 해나 지음

경향BP

훈글

자신

—

자신

억지로 어울리지 마라.
몸에 맞지도 않는 옷을 입고
이 밤 춤을 추지도 마라.

너는 왜 네게 가장 잘 어울리는
자신을 벗으려 하는가.

맞지 않는 옷을 입고서 만난 인연들이
뭐가 그렇게 대단한 것이라고.

당신을 잃은 채 이룬 사랑이
뭐 그리 축복이라고.

30분

———

"30분만 자고 일어날게."
입에서 말이 나오기가 무섭게
들려오는 너의 숨소리.

너는 그렇게 피곤했으면서도
아까 나에게 달처럼 웃어준 거니.

이제는 내가 책임질게.
네 머리를 별처럼 쓸어줘야겠다.

가장 아끼는 장면

___

달이 걸린 풍경은 내가 가장 아끼는 장면이고, 그 장면에 들어온 너는 내가 가장 사랑하는 무언가가 되었다. 여행을 떠날까. 걱정 같은 건 이곳에 잠시 두고, 또 다른 걱정을 만들러.

그곳에서는 조금 더 가까이 걸어도 되겠지. 바람과 바다, 왠지 빠짐없이 낭만적일 것 같아서. 좋은 풍경이 있어준다면 당신을 사랑하는 건 온전히 나의 몫이니까.

괜찮다

———

당신이 힘들었던 것을 안다.
돌고 돌아 내 앞에 도착하기 전까지
무수히 걸었던 발걸음들을 안다.

나는 옆에서 걸어주면 그만이지만
당신은 견뎌야 할 게 많다.

우리에게 세상은 정 없이 잔인하지만
당신은 은근히 여리다는 것을 안다.

언제나 당신 옆에는 내가 있다.
당신이 곧 쓰러질 나무라고 해도 다 괜찮다.

내가 땅이 될 테니
서로의 삶을 부둥켜안고 살면 된다.

따뜻한 말 한마디

———

따뜻하게 말한다는 것은 단순히 뜨거운 말을 건네는 게 아니라,
텅 비어 있는 그 사람의 마음 한편을 덮어줄 수 있어야 하는
것이다.

겉으로 부는 따뜻함은 누구나 연기할 수 있으나,
그 사람의 마음을 헤아리는 것은
그 사람에 대해 잘 알고 공감해야만 가능한 일이기 때문이다.

환한 밤

―――

별을 보기 위해서는
너의 삶에 어둠이 깔려야 한다.
가로등의 불빛과 간판들처럼
너를 방해하는 빛들도 없어야 한다.

하지만 가장 중요한 것은
별이 너를 만나러 올 수 있게
별보다 환한 시선을 가지고
너의 삶을 지켜내야 한다는 것이다.

아픈 기억

잊지 못하겠다면 기억해요.
며칠을 시달렸던 그 상처를
반복하지 않기 위해.

당신이 왜 괴로웠는지.
당신이 누구 때문에 찢어질 듯이 아프고
엉엉 울었던 건지.

잊을 수 없다면 기억해요, 그 상처.

다시 그 속에 빠지고 싶지 않다면.

적어도 인연이라는 이름은

———

인연이라고 해서 반드시 많은 세월을 보낼 수 있는 것은 아니
듯 인연이 아니라고 해도 긴 시간 함께 할 수는 있다.

물론 모든 관계를 인연으로 여길 수도 있지만
그 모든 것은 당신이 결정하는 것.

그러니 가볍게 스쳐가는 모두를 인연이라 함부로 단정 짓지
말고, 신중히 생각해 더 큰 상처를 예방하기를 바란다.

적어도 인연이라는 이름은 몇십 년이 흘러간 미래의 새벽,
잠에서 깨어나 불현듯 이름 석 자가 떠오를 만큼의 강렬함이
고 추억이니까.

마찰

———

한평생 알았던 사람과도
마찰이 생기는 것처럼
사람과의 관계가
그리 쉬운 것이 아닌데

내가 살고 있는 이 세상에는 왜
고작 몇 개월로 전부를 아는 양
나를 대하는 사람들이 많은 걸까.

궁금증

———

당신이 어떤 말을 가장 사랑하는지.
목소리의 볼륨은 어느 정도를 선호하는지.
퇴근길 지하철에서 듣는 음악 취향은 어떠한지.
겨울 바다를 걸을 때는 어떤 걸음걸이를 가졌는지.
하늘을 볼 때는 가끔 우수에 젖는지.

또 꿈에 빠질 때는 깊숙이 빠져서 놀라는지.
사람과 사람 사이를 헤엄치는 건 능숙한지.

마지막으로 관계에서 오는 기억들이
그대에게는 전부 아픔이고 상처였는지.

나는 빠짐없이 궁금하고
빈틈없이 채우고 싶을 뿐이다.
당신을.

한강

어둠이 깔리는 시간에 너를 만나러 가는 나는 지하철 문 너머로 무수한 불빛들과 하늘이 그대로 비치는 한강을 보고 있다. 수많은 기억이 담겨 있는 곳. 누군가에게는 사랑의 시작이 된 장소. 누군가에게는 이별을 하게 된 장소. 한강이 어르고 달래준 사람만 해도 몇백만 명이겠지. 나에게 한강은 다행히 좋은 기억으로 가득하다. 너에 대한 마음이 조금씩 뚜렷해지던 그날. 여름에서 초가을로 넘어가는 선선하고 따뜻하면서도 더웠던 그날. 가만히 앉아 지나가는 유람선을 지긋이 바라보기도 하고, 어릴 적 유람선에서 어떤 연인이 사랑을 고백하고 받아들였던 장면을 목격했던 기억을 토로하기도 하며 너의 눈동자 속에 다채로운 이야기들을 심어두었다. 그래서인지 너의 눈을 보면 많은 사연이 떠오른다. 신이 눈 속에 별 하나를 박아 놓은 것처럼, 누군가를 동경하고 누군가를 미워했던 이야기까지 자연스레 생각난다. 가끔은 네 눈에 보이는 사

랑하는 사람이 내가 마지막이었으면 좋겠다는 흐뭇한 상상도
하곤 하지만, 그건 나 혼자 결정할 수 있는 게 아니므로 너도
나와 같은 마음을 품었으면 좋겠다는 기대를 한다. 고작 너를
마중 나가는 길일 뿐인데, 아직 만나지도 못했는데 너를 생각
하는 것만으로도 수많은 문장이 탄생하다니. 너를 닮은 책 한
권이 금세 나올 것 같다.

암묵적 사랑

———

그날 나는 옆자리에 앉아 있는
너의 어깨를 두드렸다.
우리 사이의 정적을 깨며
이름이 뭐냐고 물었다.

그때 나의 상상은 이미
너의 손을 잡고서 천일홍이 가득한 공원에 누워 있는
장면까지 마중을 나가버렸는데

내 마음은 너의 이름을 묻던 그 순간부터
내 몸 가득 네가 퍼질 것을
이미 암묵적으로 동의했나 보다.

봄으로 착각해

————

누군가가 조금만 따뜻하게 대해주면 봄으로 착각해
꽃을 피웠던 너의 시절을 알아서
나는 정말로 봄이 되기로 했다.

너를 허구 없이 껴안을 수 있도록
나의 따뜻함이 한치의 거짓도 없기를 바라면서, 너에게.

내일

———

내일은 안 와도 좋다.
당신이 여기에 있는데 굳이.

내일

방향성

____

남에게 대하는 행동을 보면 그 사람이 어떤 방향성을 가지고
사는 사람인지를 알 수 있다. 관계에 대한 예의조차도 없고,
남의 기분이 어떻든 개의치 않는 더러운 쿨함.

내가 알고 있는 사람과 당신이 친하다고 해서 나에게까지
막 대할 이유는 없는데 가벼운 입은 왜 가만두지를 못하나.

무례한 사람을 보면 화가 멈추지를 않는다.

말 한 번 섞어본 적도 없는데,
피가 섞인 것처럼 날 대하는 그 태도 또한.

내가 가진 색

———

나는 내가 가진 색이 남들에 비해 화려하지 않다고 생각하던 사람이었다. 밋밋한 색이랄까. 겉으로 봐도 멋진 사람이 아니라 동네에 흔히 보이는 그런 사람에 더 가까웠으니까.

근데 세상에 나와 보니 이 밋밋함이 나쁜 게 아니라는 걸 알게 되었다. 여러 개의 색이 모여 만들어지는 것이 바로 세상이고, 그 세상에서는 내가 꼭 필요하다는 것도.

한때 밋밋하고 재미없다고 생각했던 내가,
소심한 성격을 가지고 있어서 나서기를 두려워했던 내가

누군가를 위로하고 누군가의 이야기를 들어주는 성격으로는
딱이라는 것을.

우리가 살고 있는 세상에 필요하지 않은 색은 없다는 걸 깨달
았다.

포기
——

포기하는 것이 일상인 관계는 버리는 게 좋다.
언제까지나 나를 버려가면서 관계를 지킬 수는 없으니까.

설치는 밤

———

아무 생각 없이 잠들고 싶지만
사소하게 떠오르는 생각 하나가
자꾸 생각나 잠을 설치는 밤.

나를 괴롭게 하는 것들이 많아서
내일은 괜찮기를 바라며 눈을 감는 나.

이젠

———

이제는 모르는 것을 알아가는 것보다
내가 알고 있는 것을 지키는 게 더 중요하고
새로운 사람을 받아들이는 것보다
내 안에 있는 사람들을 신경 쓰는 게 더 중요하다.

무언가를 얻어서 오는 행복보다는
잃었을 때 오는 아픔이 훨씬 컸기 때문에.

괴로움

―

얼마나 좋은 일이 다가오려고
이렇게 힘든 일이 많이 생기나 싶다.
잘 풀리는 것 같다가도
이상하게 꼬여버리는 요즘.
놓고 싶어도 놓을 수 없음에
가까스로 하루를 버티기만 한다.

별 볼 일 없는 날

———

아프지 말고 굶고 다니지 말고
외롭더라도 찌질하지는 말고
술 먹고 취해서 울지도 말고

네가 사는 하루를
나태하게 버리지 말고.

별 볼 일 없는 사람처럼 보여도
한적하고 까만 밤

별을 볼 여유도 없는 사람처럼
꿈을 포기하지 말고.

빛은 비출 거예요

___

사는 게 사는 것 같지가 않을 거예요.

당장 내일이 오는 것도 두렵고, 빡빡하게 짜인 하루의 일과를
끝내고 집에 돌아오면 몰려오는 건 행복이 아닌 잠뿐. 자고
일어나면 결국 또 다른 하루가 다가올 테니 잠드는 것이 그다
지 반갑지도 않겠죠.

나 하나 살아가기도 벅찬데 세상은 왜 이렇게 혼란스러운지.
안 좋은 일은 꼭 한 번에 몰려와 나를 정신없이 흔들고, 좋은
일은 잠시뿐. 그마저도 영원하지는 않아요.

힘들어요. 다들 그렇다고 해요. 미래를 꿈꾸기는커녕 하루를
쪼개서 행복할 틈을 만들어내지도 못하는 게 요즘 젊은 사람
들의 현실이래요.

무기력하게 앉아서 업무를 하다 보면, 내가 지금 좋아하지도 않는 이런 일을 하려고 여태까지 그렇게 노력을 한 건가 싶죠. 금세 삶이 허무해지지만 멈추려고 해도 이런 생활을 대체할 수 있을 만큼 다른 분야에서 뛰어난 재능을 가진 것도 아니에요. 현실적으로 생각하면 이게 가장 안전한 길이니까 어쩔 수 없이 걷고만 있는 거죠.

힘든 일이 생겨도 누가 먼저 다독여주지 않고, 눈치만 늘어가는 삶이지만 분명 괜찮아질 거예요. 당신도 충분히 쓸모 있는 사람이잖아요. 비록 지금 가진 것 없고 불행만 가득한 것 같아도. 어두움의 연속인 당신의 삶에도 반드시 빛은 비출 거예요. 조금만 더 힘을 내요. 사는 게 사는 것 같지 않고 내일이 두렵다고 해도 당신을 포기하지 말아요.

사람이란

———

사람에 대해서 너무 어렵게 생각하지 마.
내가 위태롭게 서 있을 때,
당장이라도 바닥 아래로 떨어질 것 같을 때

이 세상에는 나를 잡아주는 사람과
나락으로 밀어버리는 사람,
그리고 무관심한 사람이 전부거든.

상의

——

사랑을 하면 그 사람을 다 아는 것처럼 착각할 때가 있어요.
그래서 가끔은 그 사람의 의견을 묻지 않고
나의 생각으로만 결정할 때도 있는데
그건 사랑을 하더라도 이해할 수 있는 행동이 아니에요.

당신이 그 사람을 사랑한다고 해서
그 사람의 사랑을 받아들였다고 해서
그 사람이 말하는 모든 것에 동의하겠다는 뜻은 아니잖아요.

마찬가지예요.

악역

———

내 인생을 거쳐간 악역들이 있었지.
그들에게서도 배울 것은 있었다.

'여기서 내가 이런 말을 꺼내면 이 사람의 마음에
어느 정도의 타격이겠구나.' 하는 짐작,
'이런 말은 상처가 될 수도 있겠다.'라는 생각.

상처를 많이 받은 대가로
상처에 대해 잘 아는 사람이 된 것이다.

OK

___

상대방의 말을 모두 따른다고 하더라도
상대는 행복해하지 않을 것이다.

당신의 취향을 무음으로 둔 채
상대의 선택만을 좇다 보면
상대가 말하기만을 기다리고,
상대가 말하는 것만을 하다 보면
상대에게는 오히려 부담감이 생길 테니.

선택권을 상대에게 주는 것이
결코 좋은 것이 아니다.

관계를 주도하는 것은 어떻게 보면
나만 애쓰는 것처럼 보일 수도 있으니.

질주

우리의 삶을 빠른 속도로 질주하는 것이 가장 중요한 게 아니다. 수많은 가치관이 충돌하는 이 세계에서 나 하나의 생각이 정답은 아니겠지만, 내가 맞다고 생각하는 길을 가야 후회 없는 세상이 펼쳐지니까.

이불

———

사람 때문에 생긴 상처를
이불 뒤집어쓰고
조용히 한참 울며
여러 바늘 꿰맸다.
상처와 상처 사이로
스미는 바람이 괴롭다.

버스

—

버스에 무표정한 연인이 탔다.
그들은 왼쪽과 오른쪽
창가 자리에 떨어져 앉아
아무런 말도 없이
시선조차 섞지 않고
뒤로 가는 풍경만 바라보았다.
창밖으로 보이는 경치가
침묵에 대한 핑계였나 보다.

사정

좋지 않은 사정이 있는 것 같으면 묻지 않는 버릇이 생겼다.

내가 감히 들추는 그 사람의 근황이
그 사람은 어떻게 해서든 감추고 싶어 하는
약점 같은 것일 수도 있다는 생각에.

카페

—

카페에서 앉아 있다가 옆에 있는 사람들의 대화를 들었다.
평소 카페에 혼자 있을 때는 소음이 거슬려서 이어폰을 꽂고
노래를 들었는데, 노래가 나오기 전 들려오는 목소리가
그리고 감정이 너무 애절해서 나도 모르게 귀를 기울였다.

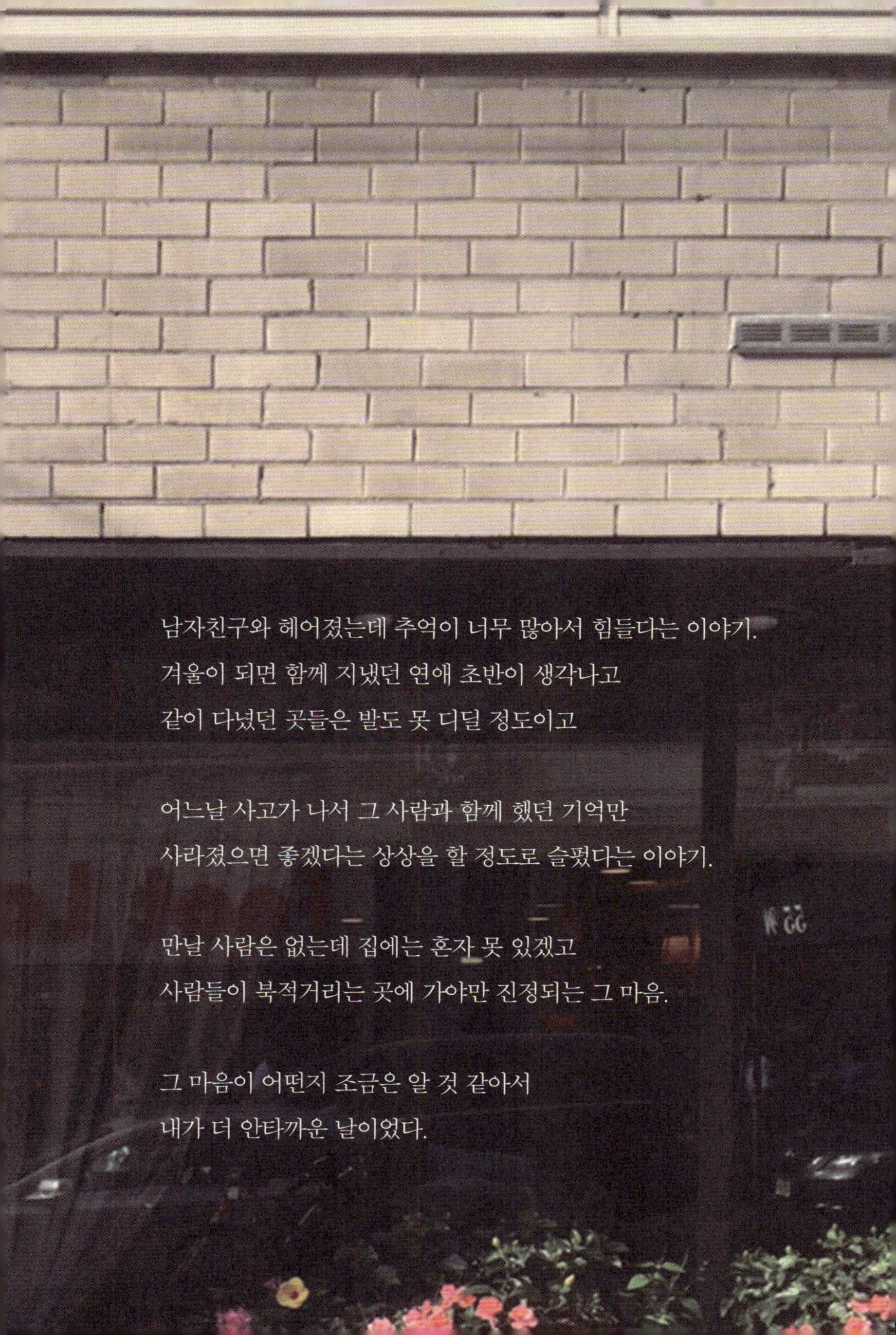

남자친구와 헤어졌는데 추억이 너무 많아서 힘들다는 이야기.
겨울이 되면 함께 지냈던 연애 초반이 생각나고
같이 다녔던 곳들은 발도 못 디딜 정도이고

어느날 사고가 나서 그 사람과 함께 했던 기억만
사라졌으면 좋겠다는 상상을 할 정도로 슬펐다는 이야기.

만날 사람은 없는데 집에는 혼자 못 있겠고
사람들이 북적거리는 곳에 가야만 진정되는 그 마음.

그 마음이 어떤지 조금은 알 것 같아서
내가 더 안타까운 날이었다.

남기지 않으면 사라진다

———

낮밤, 계절 가리지 않고 치열하게 돌아가는 이 세상에서 기록
의 중요성을 깨닫게 된 지는 그리 오래지 않았다. 불과 몇 년
전이니 물론 잃어버린 기억들도 많다. 내가 지금까지 살아온
날이 약 8400일 정도 되는데, 기억하지 못해서 사라진 순간이
안타깝다고 해도 그 날들은 다시 돌아오지 않는다.

나의 마음에 스파크가 튀었던 순간.
먹구름에 가려져 울었던 순간.
사랑하지 못해서 먹먹했던 순간.
회색빛이 도는 하늘을 사랑했던 순간.

앞으로는 나의 마음을 관통하는 찰나의 순간들을 놓치지 않
아야겠다. 사랑이든, 불편이든, 침묵이든 적어야 남는 거니까.
오늘은 놓치기 싫은 사람을 노트에 적었다.

시간이 아무리 많이 흘러도
이 사람은 마음으로 기억될 것이다.

유채꽃

—

노란 꽃들이 아름답게 피어 있다. 그리고 그 옆에는 잔뜩 어
두운 표정을 한 커플이 서 있다. 서로를 아득하게 바라보고
있다. 입이 차마 떨어지지 않는 것을 보니 헤어짐이다. 한 사
람이 울기 시작했는데 다른 한 사람이 달래주지 않는 것을 보
니 저것은 일방적인 통보다.

이렇게 예쁜 꽃밭에서의 이별이란 참 원망스럽다.
주변의 웃음이 온통 칼이 되어 눈물샘을 자극할 것이다.

둘의 사연은 모르는 거지만
이렇게 아름다운 곳에서의 눈물은
평소보다 훨씬 더 짤 것이다.

더 괴로울 것이다.

그 계절 그 사람

———

그 계절 그 사람. 계절 속에는 항상 사람들이 가득했다. 한때
나에게 상처를 주었던 사람과 내게 기쁨을 주었던 사람, 또
치열하게 싸웠던 사람. 많은 사람이 계절 속에 살았다.

책에 계절을 넣은 이유는 책을 펼칠 때마다 그 사람과의 계절
이 펼쳐지기를 원해서이다. 책 속의 글을 볼 때마다 그 사람
과의 이야기가 그림처럼 그려지기를 원해서이다.

나는 항상 계절 속에 산다. 추운 겨울, 봄날, 여름, 가을.

한 번도 계절 속에 살지 않은 적이 없는 것처럼
한 번이라도 당신 곁에서 떨어지는 일이 없게
그대가 내 곁에 머물러주었으면 좋겠다.

그대가 나의 품 안에서 오래오래 행복했으면 좋겠다.
계절을 펼칠 때마다 우리의 노래가 흐르기를 바란다.

나의 계절 속에 살았던 너를 사랑한다.

비참

——

비참함이 느껴지는 순간,
나를 더 비참하게 하는 것은
이 감정을 설명해야 한다는 것이다.
다시 생각하기 싫은 그 감정을
내가 설명해야만
알아주는 사람이 많기 때문에.

마음 줄이기

——

나에게는 그 누구도 없는데 상대방은 내가 아니어도 찾을 사람이 많을 때, 나는 그 사람이어야만 하는데 상대방은 내가 아니어도 될 때 주로 좌절감을 느낀다.

그래서 관계에 조금 더 기울이게 되고, 의존하게 되고, 사랑을 갈구하게 된다. 그래서일까. 상대적으로 마음이 큰 사람이 적은 사람보다 괴로운 것 같다.

마음이 적은 사람에게도 나와 다른 걱정거리가 분명 존재할 것임을 알기에.

결국 마음이 큰 내가 줄여야 하는 것을 알기에.

무음

—

어딘가에 말 못하는 상처들은
마음속에 고여서 썩기 마련이지만
누군가에게 말을 한다고 해서
상처가 해결될 것 같지도 않기에
오늘도 썩는 것을 바라만 본다.

눈부심

깊고 어두운 며칠을 살았다고 해서
환해지는 것에 대한 욕심을 가지지는 마라.
중요한 건 어떻게든 가장 밝아지는 방법을 찾는 게 아니라

네 마음속에서 오래전 꺼냈던 것들로
네 마음속에서 아직 꺼내지 않은 것들로
눈부심을 주는 사람이 되는 것이다.

아주 작은 눈부심이어도 좋으니
적어도 네가 가지고 있는 것들로
빛을 만드는 사람이 될 수 있도록
너의 것들을 더 사랑하라는 의미다.

평온함

———

하고 싶은 말들이 많아도 하지 않았을 때 오는
평온함이 너무 커서 함부로 마음을 꺼내놓지 못하지.

허무함

———

상대의 가벼운 속마음도 모른 채
사람에게 깊게 기울이고
몇 달. 아니 몇 년 사랑하다 보면
그때 깨닫게 되는 거지.

사람에게 진심을 다해봤자
돌아오는 건 사랑했던 사람이 아니라
아무것도 없는 허무함이라는 걸.

나를 만나서

———

그대가 많은 것들에 짓눌린 채 숨이 턱 막힐 만큼 도망쳐 왔을
때, 나는 환하게 웃는 풍경이 되어 그대의 삶을 주물러야지.

안도의 숨은 이제 내뱉어도 좋다.
그대의 절망이란 계절은 끝이 났다.

결핍

마음 한구석이 비어 있는데 무엇이 결핍된지도 몰라서 이것 저것 다 채워 넣으려다 결국 나 자신이 고장 나버렸다. 공허하고 울적하다고 해서 아무거나 들이면 더 심각해질 텐데, 그것도 모르고 나는 갑작스러운 상황을 벗어나기 위해 급급하기만 했다.

평생을

___

나를 잘 아는 사람일수록 내게 상처를 주지 않을 거라 믿고 안심하곤 하는데, 그런 사람에게 한 번 상처를 받게 되면 평생 사람을 두려워하며 살 정도로 가슴 깊숙이 고통을 느끼게 된다.

나를 정확히 파악한 상처는 그 어떤 것보다 더 잔인하니까.

변화

갑작스럽게 변해버린 사람을 눈앞에 마주하게 되면 그 변화
는 피부로 와 닿는다. 아무리 평소와 같은 척을 해도 나를 거
부하는 듯한 느낌은 주변의 공기마저도 한순간에 먹먹하게
만드니까.

안 괜찮다

난 괜찮다. 난 괜찮다.
안 괜찮다는 말을 잘못 배웠다.

괜찮지 않은 것들 앞에서 아무렇지 않은 척 일관하는 건
결국 내 몸에도 마음에도 독이 되는데
잃어버릴 관계가 무서워 나는
오늘도 괜찮다, 괜찮다 하지는 않는지.

옷자락

—

당신은 당신이 뒤를 돌면 옷자락이라도 붙잡히는 사랑을 하는가, 바로 끝이 나는 사랑을 하는가. 아쉬울 것 없는 사람 앞에서 사랑은 마른 낙엽보다도 쉽게 부서지는 존재이다.

운이 좋았던 여름날

——

오늘은 운이 되게 좋았던 날.

생각했던 것보다 일찍 일상과 만나고 낮에는 조금 더웠지만
밤에는 시원한 바람이 불었고, 그저 강을 보자고 걸었는데
생각지도 못한 손톱달을 선물 받았다.

풍경은 덤이었고 밤공기는 부끄러워 숨었다.
네가 있어서 웃었다.

마음의 질주

___

누군가가 나를 좋아하고 있을 때, 좋아하지 말라고 말하면 멈
출 사람이 얼마나 될까. 멈출 수 있었다면 진작에 멈췄겠지.

가능성이 없는 사랑에 목맬 이유는 딱히 없으니까.
시간도 아깝고 닳아버린 마음도 고통스러운 마당에.

겨우

___

쓰레기를 겨우 밖에 버렸는데 누가 주워가지는 않을까, 언젠
가는 쓸모가 있지 않을까 하여 창밖을 계속 내다보고 있지는
않나요. 당신을 아프게 했던 사람인데 마음속에서 완전히 버
리지도 못하고.

상실

──

사람 하나가 있다가 사라지는 게 나에게는 큰 상실이라서 더 이상 사람을 잃고 싶지 않죠. 사람과 사람이 만나서 새로운 의미를 만들어가는 게 얼마나 어려운 건지 깨달았기 때문에.

손톱 밑의 상처

———

손톱 밑에 조그맣게 난 상처가 제법 쓰라리다.
앓을 정도는 아닌데 스칠 때마다 거슬리는 게 내게 몇 없는
강박처럼 군다.
비가 오고 난 뒤 슬며시 올라오는 땅 냄새가 좋다. 흙이 젖어
나는 냄새. 길거리를 걸으며 생각했다.

이처럼 향기를 가진 사람이 되려면
누군가가 사랑을 줄 때 내게 스며들 수 있도록
준비를 해야 하는 거구나 하고.

사랑이 온다고 해서 마음 놓고 있으면 아무 일도 없다.
결국 내가 받아들여야 사랑인 거니까.

다음

———

사람에게 서운하고 실망하는 일은
의외로 작은 것들에서 시작되지.
나만 지키려 애쓰는 관계가
그 사람에게는 절실하지 않을 때.
내 다음이 있을 것처럼
나를 조금만 사랑하려고 할 때.

신중

___

있다가도 없어지는 것들이 있지.
예를 들면 돈이나 사랑 같은 것들.
지키겠다고 내내 들고 살아도
마음처럼 잘 지켜지지 않아서
언젠가 나를 울리는 것들.
그만큼 조심스러운 것들.

모른 척

—

알고도 모른 척할 때가 있다.
모른 척하면 아프지만 편한데
아는 척하면 아프기도 아프지만
다가올 날들이 더 어두워질 것 같아서.

경계

네가 사람을 경계하고 있을 때 나는 너에게 다가갔지. 툭툭 던지는 말로도 다 느껴졌어. '사람 때문에 겪은 상처가 있구나.' 나는 조용히 곁에 있는 사람이 되어야지. 나의 보폭 정도만큼 뒤로 물러서서 네가 쓰러지면 잡아줄 수 있도록, 손 내밀면 잡을 수 있을 정도의 거리에.

당신에 관하어

—

상상보다는 문자, 문자보다는 전화, 전화보다는 얼굴을 보는
것이 좋다. 물론 당신과 하는 연락은 달다. 아침에 일어나서
눈을 뜨면 고맙게도 당신이 보낸 문자가 와 있고 나는 그 문
자에 답장을 하면서 당신으로 잠을 깨운다.

아무 때나 거는 짧은 전화는 더 좋다. 아주 찰나의 순간이라
도 목소리를 나누는 건 더 많은 행복을 가져다준다.

그리고 오늘 나는 더 행복하기 위해 당신을 만나러 왔다.
당신이 일하는 곳 앞에 있는 의자에 앉아 기다리고 있다.

그런 당신을 만나면 얼굴을 보고 목소리를 나누는 것만으로도, 내 앞에 앉아서 음료를 홀짝홀짝 마시는 모습만으로도 잔뜩 사랑스럽다.

당신은 지금 앞에 앉아 있는 내가 무얼 하고 있는지도 모를 테지. 당신에 관하여 쓰다 보니 여기까지 왔다.

세상

___

생각하는 게 예쁜 사람이기를 바란다.
길어야 몇 계절인 겉모습을 꾸미기보다는
네가 가진 마음에 더 신경 쓰기를 바란다.
나는 이미 그렇게 서 있다.
네게 부는 바람에도 흔들리지 않고
네 옆에 여전히 서 있다.
그러니 너도 내 옆으로 와라.
세상에서 가장 예쁜 마음을 들고서
너를 맞이할 세상을 꾸며놓을 테니.

생각하는 법

———

당신의 손을 잡았는데 손이 얼음장처럼 차갑길래
왜 이렇게 손이 차냐고 물었더니 내 손이 따뜻해서란다.
많이 배워야겠다. 이렇게 생각하는 법.

낭떠러지

___

집 밖을 나서서 골목을 달리고 아슬아슬하게 피어난 새싹에 물도 줬다가 뜨거운 날씨를 피해 바다로 갔다가 되돌아오는 길에 낙엽을 줍고, 가까스로 꽁꽁 언 언덕길을 오르고 있는데 저기 저 앞에 끝을 알리는 끈이 있는 거지. 사계절이 넘는 시간을 사랑했는데, 계속 사랑하고 싶은데 사랑하지 못하는 거야. 차라리 바다가 되어 내 앞에 서준다면 그대 속에서 죽을 수 있을 텐데. 아니, 수영이라도 할 수 있다면 같이 살 수 있을 텐데. 당신은 끈을 들고 저기 저 앞에 낭떠러지처럼 서 있는 거야. 더 이상 미래가 없는 것처럼 나를 바라보는 거야. 참 절벽 같은 사람. 나는 그대와 영원하고 싶은데. 그대도 같았으면 하는데.

삶

주저할 필요 없다.
등 떠밀려 가는 삶이 아니잖니.
네가 걷겠다 자처한 길이잖니.
조금은 금이 갔어도
네가 선택한 삶이잖니.

밝은 밤

___

하지 못한 말들이 모여
밤하늘의 달이 되었나 보다.
내가 가진 아픔처럼 크고 뚜렷하게 떠 있다.
'누군가는 구해주러 오겠지.' 하며
며칠을 기다리고 기다렸는데
오늘도 결국 내가 가진 상처만 밝은 밤이다.

회복

___

상처받기 싫고 상처주기 싫다면
말을 신중하게 내뱉기를 바란다.
상처는 작은 것에서부터 오지만
상처를 회복하는 것은 아주 큰일이니까.

JeJu

가끔은

———

그냥 가끔은 늦잠을 자도, 출근을 하려다 여행을 해도, 아무런 생각 없이 일주일을 살아도 내가 사는 삶이 뒤바뀌지 않았으면 좋겠다는 생각을 한 적이 있다.

그래봤자 고작 몇 시간에서 일주일. 내가 살아오고 살아갈 인생에 비하면 아주 짧은 시간인데.

그 시간조차 자유롭게 내지 못하는 삶을 사는 게 그저 힘들 뿐이지. 함부로 다른 길을 걸을 수도 없는 게 현실이고.

영화

———

삶을 살아가면서 최고의 순간만 쟁취할 수는 없다.

신중하게 생각하고 결정한다고 해도 당신이 고른 영화가 항상 재밌을 거라는 보장은 없다. 평점을 보고 리뷰를 봐도 다른 사람들이 별 다섯 개를 던지며 재밌다고 하는 영화가 당신에게는 별 감흥 없는 영상으로 다가올 수도 있으며, 많은 사람들이 볼 가치도 없는 최악이라고 말하는 영화가 당신의 가슴 깊숙한 부분을 울릴 수도 있다.

아무리 실패를 예방하기 위해 조심스럽게 산다고 해도 마음처럼 되지 않는 게 당연할 거다. 그러니 최선의 선택이 실패였어도 좌절하지 마라. 그때 그 선택을 후회하지 마라.

실패는 살아가면서 절대 피할 수 없는 것이고, 예상하지 못한 실패가 닥친 것처럼 예상하지 못한 뜻밖의 순간들도 찾아오는 법이니까.

비포장도로

―

내 삶이 삐걱거릴 때 너는 내게로 왔다.
비포장도로를 지나가면 느껴지는 충격들처럼
사람과 사람 사이를 격하게 여행하다
마음 한구석을 잃어버려 좌절하고 있을 때
너는 내 앞으로 왔다.
어색한 공기만 가득 차 있던
그 공간으로 문을 열고 들어와
벽이었던 내 마음을 크게 열고는
웃어주었다.

너라면, 너라는 사람이라면
사랑을 상상해도,
나락에 떨어져도 좋겠다 싶었다.

영영 깊은 곳으로 추락하고 싶었다.

길

―

오늘도 어딘가 정해진 길을 걸어.
가야 할 곳들은 참 많이 쌓였는데
정작 내가 가고 싶은 길은 아니야.

그렇다고 세상이 만들어준 길을
차갑게 외면할 수도 없지.

그게 현실이고 피할 수 없는 것이니까.

기웃

―――

요즘 따라 사람 앞에서
머뭇거리는 게 일상이라면
자꾸만 내 삶을 네게로
기웃거리는 건 사랑일까.

유행

———

나는 네게 있어서 유행을 타지 않는 옷 같은 사람이기를,
그런 사람이기를 조용히 바란다.

계절마다 사람을 갈아입을 일이 없게
오래오래 세월을 간직하면서도
나라는 존재만으로도
네게 더 잘 어울리는 색이 되도록.

정의

이별이란 그 사람의 그림자만 덩그러니 놓이는 것.
미련이란 텅 빈 그림자를 하염없이 끌어안는 것.

기억

—

나를 기억해주는 사람이 있다는 건
생각보다 훨씬 더 좋은 일이지.

폭풍처럼 한 시절이 지나가도
그 시절에 나를 녹여 추억하니까.
나를 소중히 생각해주니까.

덮어쓰기

___

간혹 사람을 덮어쓰는 사람이 있지.

다른 사람과의 추억이 담긴 것들을 당당히 드러내는 사람이
있지.
당신에게 있어서 그것들의 의미는 그저 스쳐갔던 사람에 대
한 기록이겠지만, 그걸 바라보는 사람의 마음은 헛헛해지고
답답해지고 쓰라림으로 가득 찰 뿐인데.

간혹 다른 사람과의 추억을 들고서도 당당한 사람이 있지.

조금 안 보이는 곳에 숨겨놓았다가 아주 나중에 꺼내면 좋을
텐데. 적어도 내가 있을 때만큼은 나와의 추억이 전부인 것처
럼 행동해줬으면 하는데.

당연히 버텨야 하는 관계란 없다

———

당연히 버텨야 하는 관계란 없다. 예전에는 상처를 견딜 줄
알아야 대단한 사람인 것 같았으나 지금은 안다. 내가 당연히
버텨야 할 고통이란 건 없다는 것을. 아프면 아프다고 말할
줄 알고, 싫으면 싫다고 말할 줄 알며 상처받았으면 어떤 것
이 내게 상처가 됐는지 숨기지 않고 이야기를 해주는 편이 더
낫다는 것을.

나를 나열하기

———

적당히 내리는 비는 맞으면서 걸어도 좋다.
가끔은 택시를 타고 창밖을 멍하니 쳐다보는 것도 좋다.
불편한 옷을 입고 먹기 까다로운 음식을 먹는 것보다는
편한 옷차림으로 동네 쌈밥집에서 밥을 먹는 걸 더 즐긴다.
여행이라면 비에 흠뻑 젖는다 해도 상관없고
음악이라면 잠을 자면서도 들을 정도로 사랑한다.
누군가에게 잘 보이려고 애쓰기보다는
온전한 나의 모습을 보여주려고 노력한다.

절약

———

불필요한 인간관계라면 가끔은 단호하게 끊어내야 한다.
모든 관계를 소중하게 대하는 것보다
안 좋은 관계를 먼저 끊어내는 게
시간을 조금 더 아낄 수 있을 테니.

설움

마음에 자꾸만 비가 내릴 때.
누구의 말도 와 닿지 않을 때.
모든 소리가 칼날같이 박힐 때.
한없이 작은 존재라는 게
새삼 더 크게 느껴지곤 할 때.

다름

—

똑같은 것을 보고도 다른 것들을 느낄 수가 있지.
나는 사랑할 생각을 하는데 상대는 이별할 생각을
하는 것처럼.

가볍게

___

마음을 비워야지.
가볍게 생각해야지.
나를 짜증나게 하는 것들이
내 속에 계속 차오르더라도.
자꾸 생각난다고 해도.

시선

___

나는 분명 똑바로 서 있었는데
사람들은 내가 잘못했다고 말한다.
내가 사는 세상이 조금 기울어져 있나 보다.
그래서 그들이 나를 삐뚤게 보는 거겠지.
사실은 자기들이 잘못된 거면서.

이야기

___

우리가 책을 펼치는 것은 그곳에 이야기가 있다는 걸 알기 때문이다. 티비를 켜는 것은 그 이야기들이 움직이는 것을 보기 위함이고, 영화를 보는 것은 짧은 이야기가 담긴 예술을 구경하기 위함이다. 우리의 삶에서 이야기는 이렇게나 중요하다.

당신에게도 나의 이야기가 존재할까. 나도 어딘가에 기록되어 나중에 책처럼 펼쳤을 때 그 속에서 누군가를 웃게 할 수 있을까. 나도 누군가에게 기록되는 삶이었으면 좋겠다.

만약 사랑을 한다면 그 이야기는 한참 생각하지 않아도 떠오를 만큼 선명했으면 좋겠다. 내가 애정하는 책 속에 있는 몇 줄의 글처럼 그렇게 아름답게 쓰였으면 좋겠다.

누군가의 과거를 목격했을 때

——

눈에 뭐가 들어간 느낌이 드는 것.

찝찝한 시야로 상대방을 바라보는 것.

예상하지 못한 바람이 불어서 이리저리 휩쓸리고

그 바람에 내 표정이 서서히 어둡게 깎이는 것.

좋아함과 비례하는 것.

떨떠름한 맛이 나는 순간이 오는 것.

당연한 거라 생각하면 더 가슴 아픈 것.

넓은 마음을 가지지 못한 나를 탓하게 되는 것.

왠지 있을 것 같았는데 정말 있어서 슬픈 것.

그게 아름다우면 아름다울수록 어지러워지는 것.

어떤 단어를 써도 설명할 수 없는 마음을 들고 사는 것.

또다시 나타날 것들이 두려워지는 것.

그 누구의 잘못도 아니지만 쌉싸름한 것.

진심

마음을 흔드는 것은 낭만적인 풍경과
찬란한 단어가 아니라 아주 작은 진심이다.
내 마음속에서 울렸던 것들을 고스란히 내뱉을 수 있는 용기.

회피하지 마라, 그대

___

피하지 마라, 그대.

사람이 가장 무섭긴 해도 가장 다정하기도 하다.
상처가 자꾸만 앞을 가리는가.
자꾸 남들의 향을 맡고 겁을 내는가.
눈을 뜨지도 못하고 제대로 보지도 못하고 주눅 드는가.
가질 수 없는 것들을 원하고 있지는 않는가.

저 먼 세계에서 걸어 다닐 생각을 하느라
그대가 지금 밟고 서 있는 이 땅을 소홀히 여기지는 않는가.

사랑을 회피하지 마라.
사람에게서 떠나가려고 하지 마라.

당신에게 다가오는 설렘도 제대로 보관하지 못하면서
과연 먼 미래에 누군가를 품을 수 있을까.

정답

———

관계에서 정답을 찾으려 했다.
자꾸만 틀리는 게 당연한 건데
처음부터 딱 맞는 것들은 아무것도 없었는데
어릴 적 입던 옷마저도 크곤 했는데
사람과 사람이 종이를 포개는 것처럼
한 번에 딱 맞을 리가 없는데.

주목

―

네가 사는 삶이 주목받지 않는다고 해서
가던 길을 멈추거나 엉뚱한 길로 새게 되면
언젠가 기회가 너를 부를 때
방황하고 멈췄던 그때의 너를 보여줄 수밖에 없겠지.

여운

___

내 손에 잡히는 것들은
결국 언젠가 사라지는 것들이지만
바다를 앞에 두고 걸었던 일이나
그대와 어둠 속을 걸었던 일,
돌계단을 건너다 잠시 껴안은 일은
평생 사라지지 않을 여운으로 남겠지.

나를

—

사랑을 잃어도 나를 잃지 않으면 된다.
나를 잃었을 때 온 사랑은 아무 의미 없으며
나를 사랑하지 못하면 남이 주는 사랑도
모두 거짓처럼 들릴 뿐이다.

싫증

———

이해와 포기는 한 끗 차이.
상대방이 가만히 있다고 해서 모두 이해라고 생각하면 안 된다.
당신이 하는 행동에 싫증 나서
떠날 준비를 하는 것일지도 모르니까.

주목

—

네가 사는 삶이 주목받지 않는다고 해서

가던 길을 멈추거나 엉뚱한 길로 새게 되면

언젠가 기회가 너를 부를 때

너는 방황하고 멈췄던 그때의 너를 보여줄 수밖에 없겠지.

질주

—

우리의 삶을 빠른 속도로 질주하는 것이 가장 중요한 게 아니다.
수많은 가치관이 충돌하는 이 세계에서 나 하나의 생각이 정답은
아니겠지만, 내가 맞다고 생각하는 길을 가야 후회 없는 세상이 펼
쳐지니까.

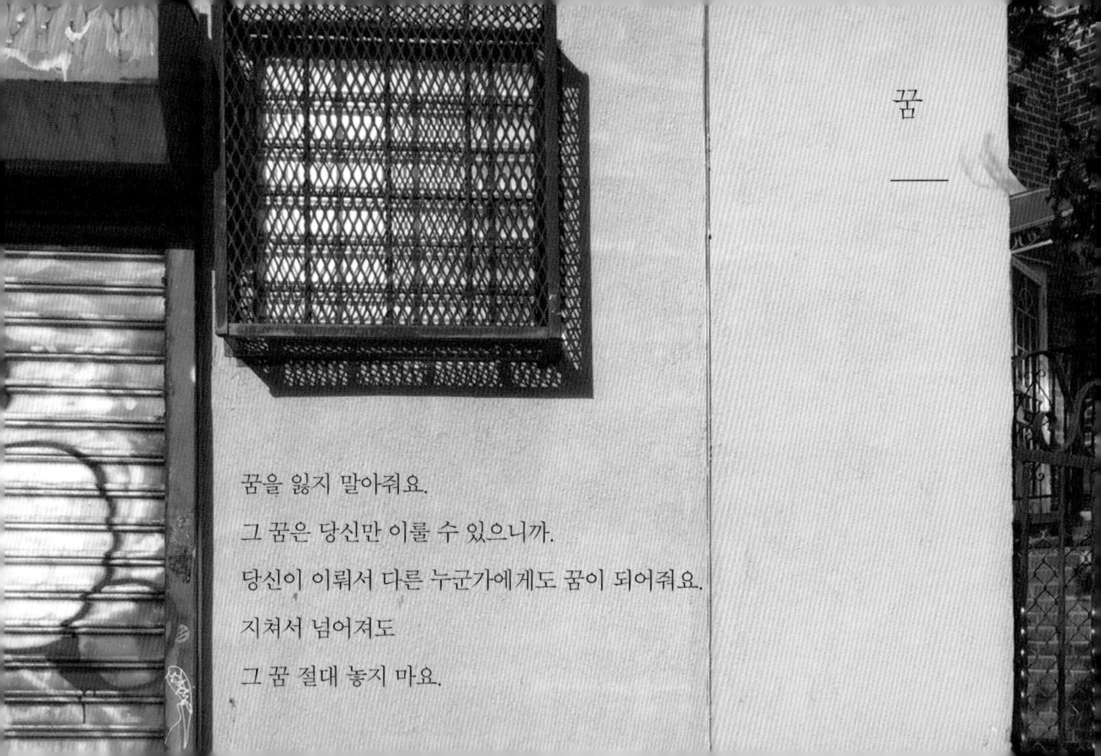

꿈

꿈을 잃지 말아줘요.

그 꿈은 당신만 이룰 수 있으니까.

당신이 이뤄서 다른 누군가에게도 꿈이 되어줘요.

지쳐서 넘어져도

그 꿈 절대 놓지 마요.

먼지

시간이 지날수록 쌓이는 건 미련이요, 아쉬움뿐.
뭐든 쌓이기 전에 치우는 것이 낫다는 걸 알지만
쓸데없는 미련이 또 그대 마음을 잡을 거예요.

이젠, 놓아줘요.

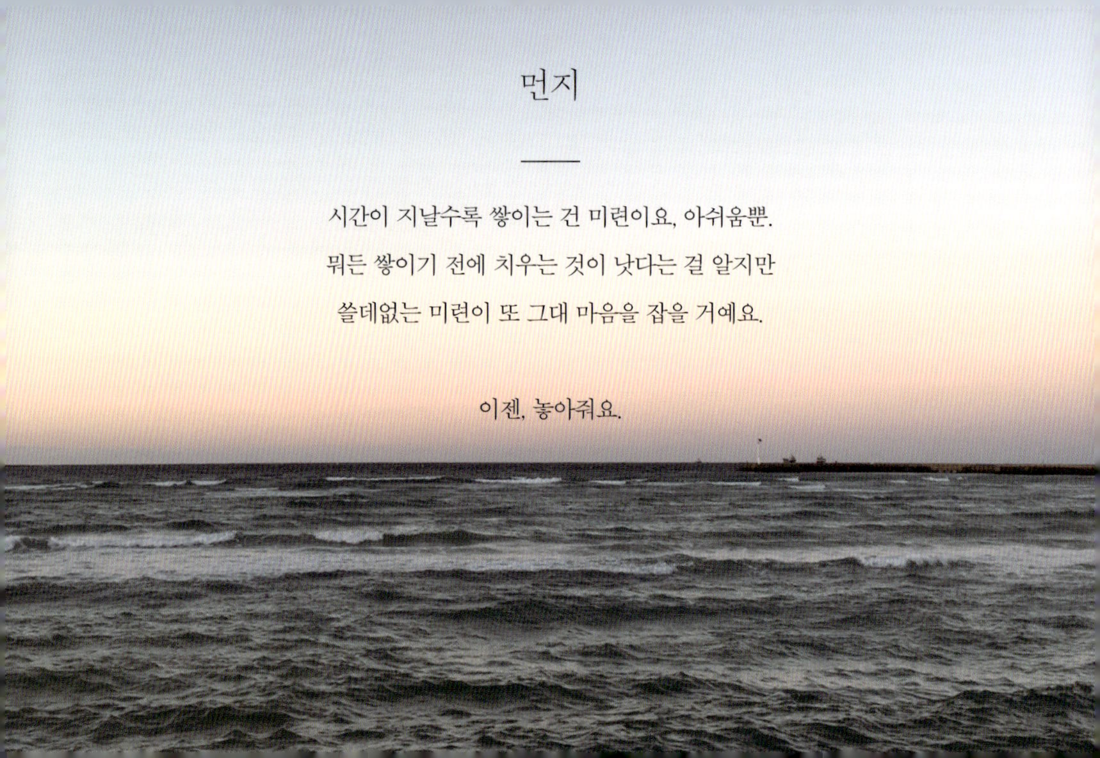

괜찮다

———

당신이 힘들었던 것을 안다.
돌고 돌아 내 앞에 도착하기 전까지
무수히 걸었던 발걸음들을 안다.

나는 옆에서 걸어주면 그만이지만
당신은 견뎌야 할 게 많다.

우리에게 세상은 정 없이 잔인하지만
당신은 은근히 여리다는 것을 안다.
언제나 당신 옆에는 내가 있다.

당신이 곧 쓰러질 나무라고 해도 다 괜찮다.

내가 땅이 될 테니
서로의 삶을 부둥켜안고 살면 된다.

겪고 이겨내야

___

버티고 기다려야, 인내하고 좌절해봐야, 조급해하고 망설여
봐야, 수많은 시련으로 만들어진 미래의 내가 더욱 단단히 웃
을 수 있겠지.

꿈으로 가는 뒷모습

———

꿈으로 비틀비틀 걸어가는 당신의 뒷모습을 보면 작정하고 우주에 뛰어드는 별을 보는 것 같아서 황홀하다. 당신이 노곤노곤 자는 모습을 보면 나는 조용한 숲에 있는 나무 한 그루가 된 것 같고, 당신 같은 새가 찾아온다면 내가 가진 잎을 털어내서라도 노래를 불러주고 싶다는 생각이 든다.

달처럼 웃고 사람 마음을 자주 무너지게 하는 당신이 좋다.
자고 일어나면 황홀한 꿈을 꿨다고 설명하는 당신이 있겠지.

마치 눈을 뜨면 끝나지 않은 한 권의 책이 옆에 펼쳐져 있는 기분. 언제 들어도 질리지 않는다. 우리 처음 만난 날, 당신이 가진 이야기를 듣기 위해 당신 쪽으로 몸을 기울이던 순간부터 사랑이었던 것처럼.

섬

당신은 혼자서 하염없이 외롭게 서 있다.
파도 같은 사람들에게 깎이고 깎이며
여러 사람을 적시다 서서히 작아진 섬처럼.

종이

—

새하얀 종이보다는 한 번 쓴 종이를 녹여서
다시 만든 재생지가 좋다.
그 누구의 손길도 닿지 않은 새로운 것보다는
조금은 때묻은 것들이 좋다.

당신의 처음이 내가 아니라고 해도
닳아버린 것들을 걱정한다 해도
닳아진 당신의 마음에
스며들 수 있어서 좋다.

독서

———

책을 읽을 때는 보통 핸드폰을 멀리에 두고 신경을 쓰지 않는 편인데, 가끔은 제쳐놓을 수 없는 알림이 있다. 그건 사랑하는 사람의 연락.

12시가 지나면

———

12시가 지나면 오늘은 흩어진다.
선명했던 걸음과 많은 우연들 모두 어제에 남게 된다.
내가 느꼈던 것들이 미래에도 존재하기를 바란다면
내게 주어진 것들을 기억하자.
사람을 간직하고 약속을 기억하자.

우연은 이어가면 된다.
인연은 대단하게 시작되지 않는다.

내던진 마음

———

내가 한 말 때문에, 내가 내던진 글로 인해 누군가가 자살을 그만둔다면, 열심히 살아보겠다고 단 한 명이라도 다짐한다면 그것보다 더 좋은 가치는 없지 않을까. 더 바랄 것이 없다.

소화

———

사람이든 감정이든 뭐든 소화가 중요하다.
삼키는 건 누구나 가능하지만 내 것으로 만드는 일은
마음이 거부할 수도 있기에.

눈길

——

믿음을 중요하게 생각하는 그런 사람이기를 바란다.
해가 잠시만 한눈 팔아도 꽃들은 순식간에 시드는 것처럼.
믿음 또한 꾸준해야 되는 법이다.

유혹

—

참아야 할 것들은 늘 매력적으로 다가오지만
참아서 오는 것들은 나 자체의 매력이 된다.
수많은 것들이 당신의 마음을 유혹해도
흔들리지 말자. 별거 아닌 순간의 반짝거림이다.

잘 아는 것

———

사람을 너무 잘 아는 것이
더 큰 슬픔을 몰고 올 때가 있다.
그 사람이 누군가를 미워하면 나오는 행동들을
다 알고 있는데
어느샌가 그 행동들이 나를 향할 때.

감정을 자주 숨기는 그 사람을 알기에
무슨 이유로 나를 미워하는지 알 수도 없을 때.

빛이 나는 웃음

___

잘 웃는 사람의 몸속에는
얼마나 예쁜 마음이 숨어 있을까.
헤픈 웃음이 아니라
그 자체로 빛이 나는 미소를 짓는 사람.
그런 사람 곁에서는 늘 따뜻하겠다.

진심인 것처럼

———

아무리 말속에 진심을 담아 전한다 해도
행동으로 지키지 못하면 더 이상 진심이 아닌 법.
순간을 모면하고자 진심인 것처럼 말을 꾸미면
상대의 마음은 잠시 안정될지 몰라도
당신에 대한 마음은 확실히 식어갈 것이다.
결국 당신의 꾀가 드러날 테니.

홀로

——

혼자 있고 싶지만
혼자 있고 싶지 않은
기분도 동시에 드는 건
누군가와 친밀해지는 게
두렵기도 하지만
내 마음을 알아줄 누군가를
계속 바라고 있기 때문에.
무의식적으로.

불확실한 꿈

―

어렸을 때는 몰랐다.
꿈이 뭐냐는 질문의 무거움을.
불확실한 꿈에 모든 것을 걸고
빛이 올 거라 믿는 사람들의
설레고 두려운 마음을 그리고 현실을.

은은한 사람

사람에게 큰 방해가 되지 않는 선에서 적절히 끼어들 수 있는 능력이 생겼으면 좋겠다. 거부감이 들지 않을 정도로 감정을 조절하는 힘. 은은한 사람이 되고 싶다는 의미이기도 하다.

불완전한 사랑

———

사랑을 깨끗이 정리하지 못한 상태에서
누군가의 곁으로 도피하듯 사랑하는 것이
과연 진정한 사랑이라고 할 수 있을까.
이별의 충격을 이겨내지 못했다면
잠시 사랑은 접어두기를 바란다.
불완전한 사랑은 더 큰 슬픔을 몰고 온다.

좋은 명절

그 어떤 미움도 잠시 멈추고
서로의 삶에 간섭하지 않으면서
섭섭하지 않게 응원해준다면.

안 그래도 힘든 삶을 사는
누군가의 삶에 아픈 충고를
함부로 던지지 않는다면.

벽을 세우는 버릇

—

누군가가 사랑한다고 말을 하면 벽을 세우는 버릇 때문에 남들이 주는 사랑을 나 스스로 포기해버린 적이 많다. 이 버릇은 사랑 때문에 생겼으나 사랑으로 해결해야 하는 상처이기도 하다. 가슴 아픈 사랑을 납득할 수 있을 때, 내가 바라는 사랑만이 사랑이 아님을 온 피부로 느낄 수 있을 때, 혼자 살아도 괜찮겠다 싶을 때 사랑을 해야겠다.

기억의 힘

———

마음을 울리는 말은 물질적인 것보다 더 오래오래 기억된다.
물질적인 것은 누구나 내게 줄 수 있지만, 마음을 울리는 말
은 아무나 줄 수 없는 것이기 때문이다. 물질적인 것은 언젠
가 닳아버리지만 마음을 울리는 말은 시간이 지나도 여전히
울림을 주기 때문이다.

돈 몇 푼보다 따뜻한 말 한마디가 도움 될 때가 있고, 꾸며진
말보다 진실된 시선 한 줄기가 더 빛날 수도 있기 때문이다.

어느 정도

—

어느 정도라는 것은 무얼까. 사람에게 알맞은 사랑의 크기는 몇일까. 우등생의 기준은 뭘까. 100점 만점에 90점이 넘어야 하는 것인가. 평균이 40점인 반에서 50점을 받아야 하는 것인가. 우리는 삶에서 행복의 기준을 몇으로 삼고 있는가. 혹시 남보다 뛰어나고 남을 짓밟아야만 행복을 느끼는 건 아닐까.

사랑할 때의 최선

―

나는 늘 사랑할 때 갑이 되려고 노력한다. 내가 상대를 더 좋아하고 사랑하는 갑이 되겠다 하는 거다. 내가 더 많이 사랑을 하는 쪽이 되도록, 상대가 나를 사랑하는 것보다 내가 상대를 더 많이 좋아하겠다는 말이다. 사랑함에 있어서 갑이 된다면 후회와 미련은 흐릿하게 온다. 예전의 나는 최선을 다해서 사랑하면 후회와 미련은 절대적으로 없다고 말하던 사람이었는데, 이제 와서 보니 그건 아닌 것 같다. 아주 흐릿해지기만 할 뿐. 아예 사라지는 것은 없다. 더 많이 사랑해도 후회되는 것은 항상 있을 것이다.

한숨의 깊이

———

쉽지 않다, 살아가는 것.
원하지 않는 것들과 이별하는 것.
무언가를 넘치게 줘서 후회하는 것보다
더 주지 못해서 나오는 한숨이
훨씬 깊다는 것을 알게 되었을 때
관계는 신기하게 늘 끝나서
만회할 수도 없게 더 어려워지지.
예전부터 쉽지 않다고 느꼈던
이 세상을 살아가는 것 말이야.

삶이 무료할 때

——

삶이 무료할 때를 조심하자.
별거 아닌 사람도
별거 아닌 눈맞춤도
위협적인 매력으로 다가오니까.
그 눈부심은 가끔 눈을 멀게 하니까.

주량

___

술을 잘 못하는 편인데도 큰맘 먹고 술을 마시고 싶을 때가
있다. 무슨 바람이 들었는지 편의점에 가서 맥주 한 캔을 산
다음 집에 와서 시원하게 뚜껑을 딴다.

차가운 맥주를 한 모금 넘기면서 속으로는 '이런 걸 대체 왜 마시
는 거지.'라는 생각을 하지만 그래도 오늘은 술을 마셔야겠다.

그런 날이 있으니까.
술을 빌려야만 잠들 것 같은 날.
알코올에 무참히 패배하여
모든 것을 잊고 싶은 날.

책의 마지막 줄

___

책의 마지막 줄을 읽었다는 것은 결말을 알아버렸다는 뜻이다.
당신의 미래에 내가 없다는 것은 우리의 결말이 아주 어둡다
는 뜻이다.

그럼에도 내가 당신을 계속 사랑하는 건
내가 멍청하거나 당신이 지나치게 눈부시다는 거겠지.

당신의 결말에는 내가 없어야 하는데
눈치 없이 사랑을 계속하고 싶은 거지.

습관이라면

———

사랑이 습관이라면
이별은 조금 나쁜 습관이겠다.

기억이 다큐멘터리라면
추억은 잘 포장된 영화 한 편이겠다.

행복이 습관이라면 좋겠다.
습관처럼 내 곁을 머무는 것이
늘 행복이었으면 좋겠다.

당신이 좌절할 때도
나는 답답해 마음속으로 운다.

어차피 고쳐지지 않을 거라면
차라리 내 습관이
당신을 웃게 하는 것이기를.

한 사람으로 인해서

한 사람으로 인해서 다수의 분위기가 망가지는 것을
싫어한다.
무언가를 계획하며 들뜬 마음이 한순간에 주저앉는
그 기분이, 모두가 불편해지는 그 침묵이 견디기 힘
들기 때문이다.

해나

나는

—

진득한 글을 좋아해 가볍게 날아가는 글을 쓰지 못합니다. 아니, 쓰기 싫어합니다. 짧은 글에도 무거운 그림자가 생겼으면 합니다. 주변을 돌아보며 작은 것 하나하나 신경 쓰다 보니 아주 느려집니다. 남들보다 느리게 사는 사람입니다. 느린 것을 유독 좋아합니다. 마음에 가진 것보다 부족한 것이 더 많은 내가 좋습니다.

반듯하지만 가끔 아니기도 한 내가 좋습니다.

오늘도 느리지만, 천천히 이 길을 걷습니다.

너는

—

너에게 나는 그저 스쳐가는 사람
나에게 너는 점점 스며드는 사람

선물(사진)

___

순간을 남겨주고 싶어서.

그대가 혼자 남겨졌을 때 가끔 들춰볼 수 있게.
우리가 만나는 계절 안에서 서로의 변하는 모습을
새로운 색을 입는 모습을
웃고 있는 네 모습들을.

그것을 보고 나를 떠올릴 수 있도록.
우리의 그 계절을 떠올릴 수 있도록.

보통 사람

———

어릴 때는 빨리 어른이 되기만을 기다렸는데
막상 어른이 되고 나니

사람이 되고 싶어졌다.
그냥
보통 사람.

할 수 있는 일

—

평범하고 유난히 길었던 만남을 끝내고 공허함이라는 감정을 이해하게 됐다. 오래 만나던 사람과 하루아침에 모르는 사람이 된다는 건 나에게는 일어나지 않을 일이라며 한 번도 생각해보지 않았는데 우리는 정말 모르는 사이가 되었다. 슬프지 않았다. 마음은 이미 지칠 대로 지쳤으니까.

몸이 멀리 있으면 마음도 멀어지지 않겠냐며 매일 불안해하는 그를 위해 아주 사소한 것들까지 함께 보고 느끼려 노력했다. 그는 풍족한 듯 보였다. 나에게 남는 것이 없어도 어떻게든 그를 행복하게 해주려, 더 멋있는 사람이 되려고 노력했는데.

그는 나의 그런 노력을 무시하는 듯
혹은 익숙함에 다른 노력을 기다리는 듯 매번
'나중에'라는 말로 나를 항상 미뤘다.

그때는 뭐가 그리 좋았었는지.
'나중에'라는 말에 담긴 의미를 알지 못했다.

사람은 미루면 안 되는 거였다.
그를 만나면서 나는 늘 외로웠다.

이별

___

글로 자국을 남기는 것조차 하고 싶지 않아서,
말로 내뱉는 것은 더더욱.
언제가 될지 알지 못하지만 분명 온다는 것을
너무 잘 알고 있어서, 그게 무서워서.

조금이라도 늦게 왔으면 하는 마음에
오늘을 더 사는 일. 더 살게 하는 일.

낯섦

낯설다는 것은 알아갈 것들이 많다는 것이다.
그만큼 배워야 할 것도, 익숙해져야 할 것도.
그러니 우리는 잘해야 한다.

가능한 한 아주 오랫동안
낯설었던 그때에 머물러보는 것도 좋다.

그것들이 모두 익숙해질 때 즈음엔.

책갈피

———

내가 하나의 책이라면
그대가 어디쯤에 책갈피를 꽂아둘까.

내가 한 말 중
어느 구절에 삐뚤빼뚤한 밑줄을 쳐놨을까.

어디쯤에 내 이야기가 멈춰 있을까.

선택

——

그때 당신이 한 선택이

우리에게 최선의 선택이었다고 말하지 말아요.

오로지 당신에게만 유리한 선택이었으니까.

마지막까지 당신은 늘 그랬어요.

나는 없었어요.

꿈

———

어쩐지 너무 달콤하다 했어. 그럴 리가 없는데. 생각만 해도 웃음이 나고 기분이 이렇게까지 좋아도 되나 싶더라니. 눈치가 없었지. 꿈에서 깨도록 노력해야 했어. 의심조차 안 했으니. 어쩌면 나는 그런 행복을 기다리고 있었는지도 몰라. 굳게 닫아버린 내 마음에 문을 두드려줄 수 있는, 나의 상처에 작은 밴드 하나 붙여줄 수 있는 그런 소소한 행복을 바란 건지도 모르지. 하지만 내가 너무 큰 꿈을 꾸고 있었나봐.
꿈이 쓰다.

우리는 생에 몇 번이나 만나게 될까.

〈해나〉

잔향

———

누군가를 그리워한다는 거,
그것 참 쉬운 일이 아니었다.

누군가 잠시 들어왔다 어느 순간 비어버린 자리를
멍하니 바라봐야 한다는 것.
그것도 혼자서
묵묵히.

마음에 자리를 내어주고 남겨진 자리엔
여전히 그의 잔향이 남아 있다.

이젠 어떤 잔향이 나의 오랜 향수가 되어줄까.

말해줘

———

만약 멀리서 나를 본다면
내가 지금 어디쯤에 있는지 말해줘.

어딘가 잘 보이지 않는 곳에 있어도
너는 내가 분명히 보인다고
그리고 나를 향해 오고 있다고 말해줘.

더 이상 의미 없는 일에 마음을 쏟아
정신없이 주워 담을 일이 없게.

오고 있는 동안 나의 안부를 물어봐줘.

조금만 기다리라고, 너를 찾으며 두리번거리는
내 모습이 보이니까 걱정하지 말고 그 자리에 있으라고
나에게 오고 있다고
보고 싶었다고.

답이 없는 문제

———

이해가 가지 않는다. 답이 나오지 않는다.
같은 문제를 다른 사람과 푼 탓일까, 답을 구할 수 있는
복잡한 공식을 적용했음에도 불구하고 답은 나오지 않았다.

처음부터 정답이란 건 없는 문제였다.

한 번도 풀어본 적 없는 문제를 풀고 있다.
답을 내지 못하는 나를 탓하면서.

마지막

——

모든 이야기의 결말은 마침표다.

혼잣말

———

두려움이 밀려오기 전에 먼저 연습하는 것에 익숙해졌다.

내가 그 사람을 떠나든 그 사람이 나를 떠나든 그것은 각자의
마음일 테니. 어느 날 갑자기 천재지변이 일어나 우리의 마음
을 요동치게 해 예상했던 날보다 그 일이 일찍 일어난다 해도
당연한 일이니까.
그러려니 하고 넘기자며 스스로의 마음을 토닥이는 일.

처음부터 하나가 될 수 없는, 성별부터 다른 둘이 만나는
것이었으니까. 시작부터 이상한 일이었지. 상처받지 말자.
헤어져서 남남이 되는 것은 너무도 당연한 일이야.
언젠가 벌어질 일이 너무 일찍 다가온 것뿐이야.

그 사람의 곁에 조금 더 오래 있고 싶었는데
오랫동안 내가 제일 가까운 사람으로 곁에 있고 싶었는데

그 생각조차
그것마저 나의 이기적인 욕심이었나 보다.

텅 빈 방 안에 누워 새벽을 토닥인다.
괜찮아, 별 일 아니야.

횟김에

———

횟김에 하는 말은 없다.
횟김에 뱉은 말도 어차피 스스로 내뱉어버린 것이니까.
시간을 되돌릴 수 없듯이 횟김에 한 말도 되돌릴 수 없다.
화가 나서, 자존심이 상해서, 기분이 나빠서라는 수식어를
붙여 횟김에 해버린 일들에 대해 이해해주길 바라지 마라.

횟김이라는 수식어를 붙여 내뱉은 말들의 결과는
결국 그 말을 내뱉은 사람에게 다시 돌아갈 테니.

무게

—

지독하고 무겁게 가라앉는다.
나의 마음은 어쩐지, 너와는 아무 상관도 없이

끝없이

가
라
앉
는
다
.
.
.

열 밤

___

항상 바람은 예상과 다르게 흘렀다.
나와 함께 가기보다 나를 앞서가곤 했다.
그 바람을 따라간들 어디가 끝인지 알 수 없었고
그 바람을 기다린들 언제 오는지 알 수 없었다.

난 그 잠깐의 바람을 맞으려
꼬박 열 밤을 지새웠다.

너의 팔들이

———

말은 신중하게, 행동은 더욱 신중히.
결말이 어떻든 그 과정이 지금의 결말을 만든 것이다.
일방적인 결말은 없다.
그렇게 믿고 싶은 사람의 일방적인 생각일 뿐.

말을 안 한다고 해서 모르는 것이 아니며
말을 한다고 해서 아는 것도 아니다.

안으로 굽는다면

———

여전히 일방적이다.

너에게 말을 하고 있지만 허공에 맴돈다.

말을 하지 않으면 알 수 없는 일들을 알아달라고 한다.

그리고 묻는다. 자신이 어떤 사람인지, 지금 마음은 어떤지.

그런 그대에게 반대로 내가 묻고 싶다.

나의 마음에 대해, 나에 대해 얼마나 잘 알고 있느냐고.

다시는 그러지 않겠다고, 앞으로 노력하겠다는 말은 어디서

주워온 것이냐고. 나를 얼마나 잘 알기에 이토록 일방적인 것

인지. 나를 진심으로 사랑하고 있다면 이러지 않았을 텐데.

너는 나의 마음을 사랑하는 것이 아니었다.

다른 이유로 날 사랑하는 척했을 뿐, 진심은 아니었다.

나의 팔도 안으로 굽는다

———

자신의 잘못에 대해 인정하고 사과할 마음이 있는 사람은 먼저 용서를 구하지만, 처음부터 사과할 마음이 없는 사람들은 자신이 상대에게 잘못했던 일들은 까맣게 잊어버리고 자신의 잘못을 비판하는 상대에게 오히려 나쁜 사람이라며 목소리를 높인다.

그리고 자신의 잘못을 덮으려 지금의 문제와는 상관없는 핑곗거리들을 풀어놓느라 정신이 없다. 자신의 잘못을 인정하지 않는 사람은 주위 사람들에게까지 상대의 나쁘고 이기적이었던 모습만을 이야기하며 동정을 받으려 한다. 더 이기적인 자신의 모습을 숨겨야 하니까. 아마 그걸 믿는 이들도 똑같은 쪽에 속할 것이다.

아픈 날

마음이 아프다.
날씨는 날카롭고 바람은 정이 없으며
하늘은 말하지 않아도 내 마음을 안다는 듯
서서히 눈을 감는다.
어둡다.

간격

적당했다.
가까웠다.
좋았다.
그와 멀지 않았다.

나에게 그는 가까웠지만
그에게 나는 가깝지 않았다.

그는 이미 멀어져 있었다.

사소한

—

그대에게 바란 건 큰 무언가가 아니었는데,
사소한 꽃 한 송이조차 받아보지 못했다.

겨울

———

현실로 돌아온 지 며칠 안 되었다. 그 사이 우리 집 선인장은
별다른 불평 없이 잘 자랐고 오후의 공기는 따뜻하다 못해 덥
게 느껴진다. 내내 머무르고 있을 듯했던 얼음장 같던 날이
지나고 매미가 온 동네를 돌아다니며 노래를 부른다.

그를 보냈다.
그 계절을 보냈다.

침묵

———

침묵이 길어지면서 벌어지는
그 사이의 간격은 얼마나 아득한가.

아무것도 느껴지지 않는 아득한 어둠만이 허공에 맴돈다.

침묵에 길들여지지 마라.
길어지는 침묵은 죽은 것과 다름없다.

하루 끝

—

요즘은 무슨 생각을 하며 사는지,
어떤 생각을 가장 많이 하고, 그 많은 생각들 중 어느 것에
우선순위를 두고 있는지.

하루하루 지날수록 더욱 복잡해지는 생각과 계획들.
거미줄처럼 얽히고설킨 이 생각들도
결국엔 풀릴 거라, 지나갈 거라 믿으며.

삶

——

더 많이 남기고
더 많이 추억하고
더 많이 기억하는 삶을 살았으면.

시간이 흐른 뒤 스쳐 지나갔던 것들을
그리워하지 않게.

더 이상

___

일방적인 대화는 싫다.
나 혼자서만 너의 하루를 궁금해한다거나
우리 대화의 전부가 나의 물음표로만 채워지는 그런.

너를 사랑하는 그 마음 하나로 버티고 있는 나는
그래서 더 이상 널 사랑하지 않기로 했다.

사랑의 다른 말

아주 좋은 하루였다고.

봄이라면 꽃들이 귀여운 새싹을 피우고 있었다고, 여름이라
면 유난히 시원한 바람이 불었고, 가을이라면 선선한 바람에
책 읽기 좋았다고, 겨울이라면 하늘에서 적당히 예쁜 눈이 내
려 제일 먼저 생각나는 누군가가 있었다고.

시끄러운 아이들의 웃음소리도, 나와 부딪치고 무심히 지나
가는 사람도 오늘은 이해할 수 있다고, 안 좋은 것들은 내일
이면 사라질 테니.

그래도 그 사람은 나에게 사랑을 말해줄 테니.

아주 좋은 하루를 선물해줄 테니.

모두 괜찮다고.

사람, 사랑

모든 만남을 결코 가볍게 봐서는 안 된다.

머물다 간 사람도
스쳐 간 사람도.

사랑의 힘은 그리 대단하지 않아

———

당신을 힘들게 하는 사람에게 시간과 감정을 쏟지 마요.
그건 투자가 아닌 소비니까.
앞으로도 계속해서 당신을 외롭고 지치게 할 거예요.

오늘만 지나면 괜찮겠지 하는 생각으로
일주일이 흐르고 또 한 달이 흐르면
점점 무뎌지겠지만
상처는 흉터로 남아 살짝만 건드려도
다시 그 상처를 더욱 고통스럽게 만들 테니까.

당신을 사랑해주는 사람을 만나요.
당신만 사랑하는 그 사람 말고.

우선순위

당신에게서 가장 먼저 버려야 할 것을 정하라 했을 때
그게 굳이 나였어야 할 이유는 무엇일까.

한마디

———

다쳐서 상처가 생겨도
나중엔 다 새살이 돋더라.

새살을 보고 '이제 괜찮겠네.' 하는 사람보다는
'또다시 흉 지지 않게 조심할게.'라고 말해주는 사람.

그런 한마디를 해주는 사람.

회피

—

느끼고 싶지 않은 감정들을
일부러 느껴지지 않는 척 외면한다.

오늘만 지나면 괜찮을 거라 위로하며.
그 감정들이 어느 날 문득 나를 찾아와
더 아프게 하는 줄도 모르고.

동네주민

———

집에 있기에는 심심하고 왠지 모르게 출출하기도 해서 너에게 나오라는 전화를 한 후 가장 귀여운 슬리퍼에 무릎이 덜 나온 추리닝을 입고 나가 우리 동네 하천을 걷는 거야. 이런저런 이야기를 하다 편의점에 들어가 캔 맥주와 안주를 사들고 벤치에 앉아 누가 먼저랄 것도 없이 맥주부터 꺼내 건배를 하겠지. 반쯤 마셨을 때 서로 빨개지는 볼을 의식하며 괜스레 하늘을 보고 좋다는 진심을 내뱉을 거야. 그리고 저 멀리 지나가는 강아지가 귀엽다고 핑계를 대며 네가 고개를 돌리면 난 빨개진 너의 두 볼을 몇 번이고 훔쳐볼 거야. 빨개진 얼굴을 보며 피식거리는 날 보고 얼굴이 빨개졌으니 그만 마셔야겠다는 너에게 아직 안 빨개졌다고 대충 둘러대며 멀리 살던 네가 우리 동네로 이사 와서 좋다고 무심한 듯 말할 거야. 그래서 난 너무 좋다고. 지금 내 옆에 네가 있는 것도 너무 좋다고.

너와의 시간

___

꿈을 꾼 것 같기도 하고,
아직 꿈속인 것 같기도 하고.

부재중 전화

———

나뭇잎을 타고 흐르는 물줄기가 비가 왔었다는 것을
티내기라도 하듯 정수리에 톡 하고 떨어진다.
기분 나쁜 습기와 함께.

네 소식이 궁금해 연락해봤다는 진심을 뒤로 한 채
가장 시답잖은 말을 꺼낸다.

잘 지냈냐는 안부를 묻기엔
우리 사이의 계절이 너무 많아서.

나는 없는 시간

———

우리의 하루는 하필 다른 시간에 흘러
서로 다른 하루를 보내고 있네요.

그대의 이야기만 있고 그 속에 나는 없는.
나는 그저 하루를 들어주는 사람에 불과하겠죠.

그대에겐 내가 위로가 되겠죠.
나는 아닌데.

배울게 많은 하루

———

침대에 누워 천장을 바라보니 그날이 지나간다.
우리가 지났던 길, 눈앞에 두고 찾지 못했던 음식점,
사소한 이유로 서로 서먹해졌던 순간, 때마침 흐르던 노래,
마주 본 서로의 눈에 담긴 우리의 표정.

지나간 하루에 내가 배운 것이 있다면
눈앞에 두고 찾지 못했던 음식점 덕분에 우리가 조금이라도
더 가까이 붙어 있을 수 있었다는 것, 사소한 이유로 서먹해
지는 거라면 그 이유가 생기지 않게 조심하면 된다는 것, 우
리가 좋아하는 노래 장르가 비슷하다는 것, 그리고 서로가 서
로를 바라보고 있었다는 것. 여전히.

인간관계

———

멀어졌다 가까워졌다를 반복한다.
계속해서 소리를 내지만 들리지 않는 흐릿한 말꼬리들.

다시 하루가 시작되면 나는 웃는다.
아무것도 모르는 것처럼.

모두 다 알면서도 모르는 척을 한다.

잠깐 길

——

늦은 새벽, 짧지도 길지도 않은 대화를 하며 우리는 서로가
어떤 사람인지, 무슨 생각을 가지고 있는지 파악할 수 있을
정도의 사이가 되었고 대화가 끝난 후 각자 집으로 돌아갔다.
짧은 인사도 잊지 않았고.

너와 다른 점이 있었다면
나는 너를 더 알아가고 싶어 길을 걸었고
너는 그냥 멈췄다는 것.

혼자는 아니라는 걸

———

길을 걷다 보니 알았다.

저 앞에는 나보다 먼저 길을 걷다 실수로 밟아버린 웅덩이를
가리키며 이곳을 조심하라고 일러주는 사람이 있고,

먼저 가라고 손짓을 하며
나를 웅덩이로 떠미는 사람도 있다는 것을.

우리는 결코 혼자 걷지 않는다는 것을.

함께 걷고 싶다면 혼자 걸을 수 있어야 한다

———

요 며칠 불안함에 안절부절못하게 만든 건 얇은 끈 하나.
나는 그 얇은 끈이 끊어지기라도 할까 매일을 조마조마하며
조심스레 붙잡고 있었지만 맞은편에 있는 그 사람은 보이지
않는 어느 곳에 끈을 아무렇게나 걸쳐놓고 쳐다보고 있다. 처
음엔 마주 보며 그 끈을 잡았고 우린 매일 그 끈을 잡고 한 발
짝씩 함께 걸었는데 어느 순간 그가 반대로 걷기 시작했다.
그 사람과의 대화가 뜸해지기 시작했을 때, 점점 그 끈이 얇
아지는 게 보이기 시작했다. 고무줄이 어디까지 늘어나는지
시험하듯 그 사람과 멀어져갔다. 내 눈앞에서.

따라가지 않았다. 고개가 떨어졌고, 가던 길을 멈췄다.
내가 걸어가면 그 사람과 더 멀어질까봐 무서웠다.
내가 움직이면 그 사람을 잃어버릴까.
이제야 나는 다시 걷기 시작했다.

그 사람과의 얇은 끈을 내려놓고 혼자.

우리 사이

___

그러니까
우리는 아는 사이도, 모르는 사이도 아닌 거야,

이제.

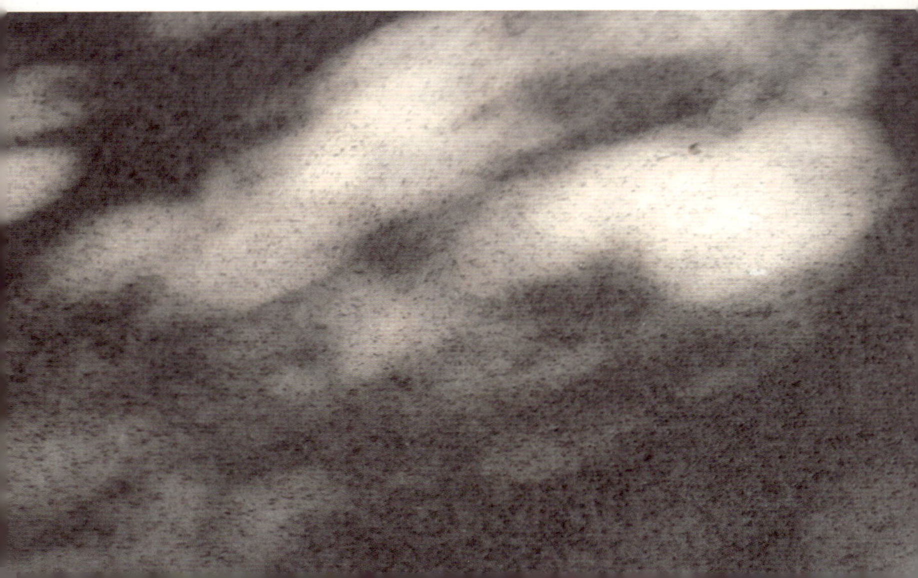

비

___

비가 내리면 젖는 건 내 마음일 거야,
내가 다가가면 떠나는 건 너일 테고.

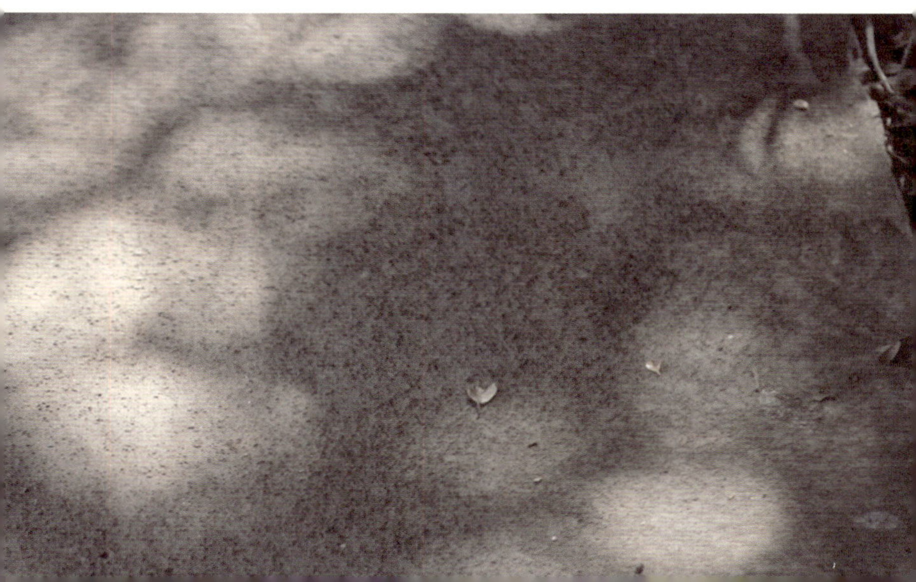

있잖아, 나는

———

우리가 그냥 아는 사람이 되려고 마지막 통화를 하는 순간,
"너는 잘할 거야, 나 없을 때도 잘해왔잖아. 그러니까 나 없어
도 잘하고 가끔 연락하자."

있잖아, 나는 그리 '잘'하는 사람이 아닌데, 잘하는 사람이 되
기 위해 노력하는 것뿐이야. 그런 모습을 너에게 계속 보여주
고 싶었고 부족한 나도 노력해서 이렇게 할 수 있다는 걸 네
가 알았으면 좋겠다고 생각했거든. 지금 생각하면 나는 뭐가
두려워서 네가 하는 모든 말에 다른 한마디도 못하고 그냥 고
개만 끄덕였는지. 다행히 그날이 우리의 마지막 통화는 아니
었어. 하지만 그날 이후 우리는 대화를 하고 있어도 서로 다
른 하루 속에 있었지.
너는 나를 밀어내고, 나는 그런 너를 모른 척하고.

너와 함께였기 때문에 그때의 나는 너로 인해
더 단단했던, 강했던 사람이었다는 걸 알았으면.

짧은 안부

____

너는 그럴 일이 없을 테니까,
넌 그러지 않을 테니까.
그걸 알면서도.

우리가 하는 대화의 전부가 이뤄지지 않는다 해도
오늘도 난 너에게 안부를 보내.

P.S. 누가 뭐래도 난 네 편이니까, 늘 응원해.

그림자

———

스쳐 가는 인연에도 그림자는 남는다.
그 그림자는 생각보다 길고 무거워
낮에도 밤에도 당신의 잔상에 남는다.

대체 무엇이 당신의 마음보다 눈에 밟혀서
그 인연을 그냥 스쳐 가게 두었나.

온도

———

우리의 온도는 몇 도가 적당할까.
아주 뜨겁지도, 그렇다고 차갑지도 않은
미지근한 온도였으면 좋겠는데.

가끔씩 오래 널 볼 수 있게.
너는 어때.

조건

——

사람이 사람을 좋아하는데 조건이 필요하다면
나는 '너'라는 조건이면 충분하다.

부족하고 약한 나에겐
너라는 조건으로도 너무 벅차니까.

어른

—

우리는 아닌 것을 아니라고 말하지 못할 때
맞는 것을 맞다고 말하지 못할 때
잠깐 어른이라는 것을 경험한다.

뒷모습

————

미소가 쓰다. 입에 머문 향기가 없다.
너의 걸음에는 발자국도 남지 않는다.
찾을 수도 따라갈 수도 없게.

그걸 보고 있는 내 그림자는 한없이 길다.

네가 밉다

___

나를 아무렇지 않게 생각하는 네가 밉다.
스쳐 지나가는 날 보고도 메마른 눈길만 주는 네가 밉다.
내가 돌아섰을 때만 안부를 묻는 네가 밉다.

준비

——

연애에 꼭 필요한 게 있다면,
그것이 무엇이냐 물으면 나는 망설임 없이
물들지 않은 마음이라 하겠다.

나로 채워진, 나만을 위한 단단한 마음 하나
그뿐이면 된다고 하겠다.

짝사랑의 끝

———

오랫동안 잡고 있던 끈을 놓았다.

갑자기 허전해진 두 손을 보니 왠지 모를 후련함이 아쉽다.
한 번도 놓을 생각을 해본 적이 없는 터라 놓고 나서는 무엇
을 해야 하는지, 그게 맞는 일인지 잘 모르겠다. 하지만 그냥
하겠다. 그거라도 해야겠다.

두 손으로 감싸도 흐를까 조마조마했던 마음이 조금은 나아
진 것 같아 좋아 보인다는 말을 들었지만 좋지는 않다. 하지
만 그냥 좋다고 하겠다. 그러다 좋아지겠지 하는 마음으로 또
다른 하루를 기다려야겠다. 예상하지 못했던 일들은 한 번에
다가오기도 하고 한 번에 밀려나가기도 한다.

만약 누군가 잡아주는 이가 있다면 함께 밀려가겠다.
그곳이 어디든 그냥 가라는 곳으로, 가자는 곳으로 흘러
멀리 멀리.

돌아오지 않는 것들

———

미루지 마요.
사람도, 사랑도, 시간도.
당신이 쓸데없다고 생각하는
그 사람과의 시시콜콜한 대화마저도.

먼지

___

시간이 지날수록 쌓이는 건 미련이요, 아쉬움뿐.
뭐든 쌓이기 전에 치우는 것이 낫다는 걸 알지만
쓸데없는 미련이 또 그대 마음을 잡을 거예요.

이젠, 놓아줘요.

가끔

——

지나가면 별것도 아닌 일에 가끔 아프다.
그대보다 앞서 있는 나를 바라볼 때엔 가끔 비참해진다.

우리,
함께 걸을 수는 없는 걸까.

파도

———

알 수 없는 감정이 갑자기 밀려들어와 이것들을 내가 감히 느
껴도 되는 것인지, 그대로 두어야 하는 것인지 두렵다.
누군가 나에게 일으킨 것인지 내가 직접 일으킨 것인지 도통
감을 잡을 수도 없이 빠르고 깊게 들어와 내 마음을 부지런히
뒤척인다.

가만히 서서 지나가는 구름을 바라보니 마음이 잔잔해진다.
혼란스러웠던 파도도 괜찮아지는 듯하다.

잔잔한 물결에 보라색 꽃잎 하나가 밀려온다.
제비꽃이었다.

*제비꽃 꽃말: 사랑

변화

—

견뎌 내는 일. 처음에는 모두 서툰 일.
시간이 지나면 괜찮아질 일들.
어쩌면 시간이 지나도 익숙해지지 않을 일.
굳게 마음을 먹어야 하는 일.

변화

이 모든 게 너라면

———

날 쳐다보는 애틋하고 멍한 그 눈빛이 좋아.
바람을 타고 흩날리는 너의 그 향기가 좋아.
잠깐만 떨어져도 무심한 듯 손을 내밀며 내 손을 찾는
너의 그 큰 손이 좋아.
눈이 마주치면 약간은 어색한 듯 입을 맞춰주는
너의 입술이 좋아.

다 좋아.
너라면, 이 모든 게 너라면
난 좋아.

맛

___

너의 말에서 단맛이 나는 게 싫다.
나에게 단맛은 다른 누군가에게도 달았을 테니.
더 담백해질 수는 없는 걸까.

서로 다른 노래

___

같은 공기 안에 서로 다른 노래가 흐른다.
서로 다른 마음을 가지고 서로를 바라보는 척만 한다.
바라본다는 것은 서로의 눈을 마주하고
서로의 마음을 듣고 조금씩 맞춰나가는 것인데
자신의 마음만을 강요한다.

무작정 듣기만 하라고.

나였으면

오늘도 너에게 좋은 일만 있었으면 좋겠다. 반복되는 일상에 무뎌져가는 너에게 힘이 되는 사람이 나였으면 좋겠다. 네가 나로 인해 웃었으면 좋겠다. 나의 시시콜콜한 이야기를 궁금해하고 썰렁한 개그에도 웃어주며 사소한 것에도 내 생각이 난다고 말해주면 좋겠다. 비가 오는 날이면 우산을 챙겨주고 보고 싶은 날이면 잠깐이라도 날 보러 와주면 좋겠다. 인상 찡그리는 날보다 웃는 날이 더 많았으면 좋겠다.

너의 하루를 돌아봤을 때 그 속에 내가 있었으면 좋겠다.
그리고 네 옆자리에는 항상 내가 있었으면 좋겠다.

우리에겐 그 사람이 필요하다

———

우리에겐 지금 불안한 이 마음을 잡아줄,
방황하는 손을 잡아줄 누군가가 필요하다.
혼자서는 따뜻하지 않지만 함께라면 분명 따뜻해질
그 마음이, 따뜻한 그 사람이 필요하다.

요즘

———

나만의 걱정이
누군가에게도 걱정이 되는 것 같은 요즘.

오롯이 내가 홀로 짊어져야 할 짐을
괜스레 다른 사람까지 짊어지게 할 때

혼자서 들기엔 무거운 짐을 나눠가졌으니
더 열심히 하기만 하면 돼요.

그러기만 한다면
다른 누군가에게도 결코 짐은 아닐 테니까요.

부러워하지 마

___

마냥 좋아 보이는 것들도
어두운 면 하나쯤은 가지고 있다.

눈에 보이는 것이 전부가 아님을 알면서도
가끔은 그것들을 내내 부러워한다.
그동안의 나를 생각하니 어딘가 아릿해서.

부러워하지 마요.
결코 좋은 것이 좋은 것만은 아니니까.

꿈

꿈을 잃지 말아줘요.
그 꿈은 당신만 이룰 수 있으니까.
당신이 이뤄서 다른 누군가에게도 꿈이 되어줘요.
지쳐서 넘어져도
그 꿈 절대 놓지 마요.

데이트

———

맛있는 음식을 먹는 것도 중요하지만 그 순간 우리는 가장 가
까운 사이네요. 먼 것처럼 느껴지는 긴 테이블을 사이에 두고
서로를 가장 오래 마주 볼 수 있어요.

그때 그를, 그녀를 자세히 바라봐줘요.
음식을 먹을 때 어떤 습관이 있는지, 입가에 묻은 것은 없는
지, 편식하는 음식은 어떤 것인지, 어떤 걸 가장 잘 먹는지.
아, 눈으로 담기 아쉬운 것들은 사진으로 남겨야 해요.
시간을 기록할 수 있는 가장 좋은 방법이기도 하니까.

오늘도 우리 테이블 정도의 간격을 유지하며
익숙한 듯 아닌 듯 서로를 알아가요.
서로를 더 바라봐줘요.

우리 서툴게, 그렇게

___

몇 번의 시행착오를 겪으면
결국 우리가 기다리던 시간은 꼭 옵니다.
아직 오지 않았다면 몇 번의 시행착오가 더 남았다는 거겠죠.
조급해하지 마요.
곧 바라던 날들이 그대를 기다리고 있을 테니까.
어떠한 실수에도 두려워하지 마요. 더 크고 반짝거리는
무언가가 그대를 기다리고 있을 테니까.

우리 다들 그렇게 서툴게 살아갑시다.

다시, 사랑

—

연필로 썼다 지우기를 몇 번이고 반복하다
더 이상 지워지지 않도록 이곳에 남긴다.

사랑해.

바람

—

어디에 널 띄워야 할까.
띄운다고 날아가는 게 다가 아니었으면 좋겠는데.

너를 띄워도 날아가 버리지 않게
나는 적당한 속도를 유지하는 바람이 되기로 했다.

적당한 것이 무엇인지 알지 못해도
그저 마음이 부는 대로.

나는 안다

___

이야기를 들어주는 것만으로
누군가에게 위로가 될 때가 있다.

이야기를 들어주는 것만으로
누군가에게 위로가 된다는 것을 알고 더욱 귀를 기울인다.

나는 그 사람을 듣는다. 그 사람은 나로 인해 위로가 된다고
말한다. 나는 안다. 그 사람에게 내가 위로라는 것을.

누군가를 위로해주는 방법은 그리 어렵지 않다.
그저 그 사람의 이야기에 귀 기울여 들어주는 것
그리고 그 사람의 기분을 물어보는 것이면 된다.

"오늘 하루는 어땠어요?"

모든 그에게, 그녀에게

——

오늘도 별 탈 없이, 덜 더운 하루를 보내게 해주세요.
그 사람에게 무슨 일이 생기거든 반은 저에게 오게 해주세요.
반은 제가 감당해도 되니까요, 전부는 그 사람에게 아직 벅찰
테니까요. 일찍 시작하는 오늘 하루가 힘들지 않게 해주세요.
힘든 하루에도 괜찮다며 웃어넘길 테니까요.

오늘도 그 사람에게, 저에게 고마운 일들이 생기게 해주세요.

진심

___

나는 햇빛 뒤 그림자가 되어도 좋으니,
밤하늘 외로이 떠 있는 별이 되어도 좋으니
당신보다 좋은 건 없다고 말하겠다.

그때처럼

——

어느 날 바람에 네 향기가 실려 들어와
뒤를 돌아봤을 뿐이었는데
나는 그 향기에 아이처럼 울어버렸다.

네가 온 줄 알고,
그때처럼 웃으며 내 이름을 부르는 줄 알고.

여름 바람

———

오늘 바람은 실로 시원했다.
날 감싸안기도, 밀어내기도 했지만
늘 곁에 있었다.

애틋하게 날 바라보기도 하고, 가끔 퉁명스럽기도 했지만
웃음이 내내 끊이질 않았다.

바람이 그를 설명한다.

방식

―

자신이 살아온 방식과 다르다는 이유로
인연을 멋대로 대하는 사람과 멀어지기로 했다.
의미 없이 나를 어딘가에 두고 모른 체하는 당신에게
소중한 시간을 낭비하고 싶지 않으니까.

엄마

———

매일 같은 시계를 보며 같은 옷을 입고
매일 같은 표정으로 같은 사람들을 만나네요.

오늘은 왠지 기분이 이상하네요.
서글프기도 하고 이러다 가끔 웃음이 나기도 해요.
내일이면 괜찮아지겠죠.

문득 걸려온 엄마의 전화에 무거웠던 어깨가 녹는 듯해요.
어린아이처럼 투정을 부려도 수고했다고, 밥 챙겨 먹으라고
늘 같은 말씀을 하시는 엄마께 감사하네요.

나를 믿고 있으니 힘들면 언제든 말하라며
언제나 내 편이라고 하시는 엄마.

서먹하고 낯선

───

이겨내야 할 것들이 많아진다.
같은 시간 안에서
다른 하루를 사는 듯

온통 새롭다.
온통 서먹하다.

애틋하게

———

그대는 한낱 소나기가 아니길,
우리 사이에 많은 계절이 오고 가길 빌어요.
겁이 많아 더 이상 다가가지도 멀어지지도 못하고
가만히 서 있는 나를 발견한다면 아무 말 없이 안아줘요.

달콤한 말은 바라지도 않을 테니
그저 내 곁에만, 가능한 한 가장 오랜 계절을.

길

나도 길을 잃어보아서
길을 잃었을 때의 그 마음을 누구보다 잘 알고 있으니
길을 잃고 절망에 빠진 사람을 보았을 때
내가 그 사람의 손을 잡아줘야지.

가끔 우리는 길을 잃기도 하니 실망하지 말라고
다시 가보자고 말해줘야지.

나의 그대

___

우리는 생애 몇 번이나 만나게 될까.
당신이라는 사람을 내가 몇 번이나 경험할 수 있을까.

경험이라는 이름으로 부르기에도 아까운
나의 그대.

부디
오래.

아픈 상상

———

지친 하루, 나만의 위로가 사라진다는 것,
가장 행복한 순간, 웃음을 함께 나누지 못한다는 것,
아픈 곳이 생겨도 밴드 하나 붙여줄 사람이 없다는 것은
사랑하는 사람과 영영 멀어진다는 것이다.

생각하는 것만으로도 가슴 아픈 상상을 했다.

이기적인 달콤함

———

너를 만나면 욕심이 생겨. 오랜만에 만난 네가 너무 좋아서
나만 보고 싶은데, 어쩌면 이기적인 것일 수도 있겠지.
네가 사랑받는 건 너무 당연한데 그런 너의 사랑을 나만 받고
싶어 하니까 말이야. 그래도 계속해서 날 가장 사랑해줘.
그게 거짓이든 진실이든 난 모두 달콤한 말로 들을 테니
계속 달콤한 거짓말을 해줘. 내가 불안하지 않게.
그 불안 때문에 방황하지 않게, 떠나지 않게.

밤

——

빌딩의 불빛은 더 밝게 빛나고
내 발 아래로 깊숙이 내려앉은 어둠.
그 어둠에 가려져 잘 보이지 않는 표정들.

표정을 숨기기 좋은 시간.

독서

문장과 대화를 한다.
잘 지냈냐며 짧은 안부를 묻는다.

대답 없는 안부에도 안녕을 보낸다.
잘 지내라며, 나는 잘 지낸다고.

어째서

———

당신은 어째서 가끔 과거에 사는지.
나는 매일 당신과의 내일을 꿈꾸며 사는데.

분명 나에게 매일 함께 하자 해놓고.

독학

——

너의 행동에는 이유가 있어.
나는 그 이유를 알고 네 행동을 읽지.
너는 내가 모를 거라 생각하지만
내가 배운 너는 너무 티가 나는 사람이라 다 보이더라.

너는 나를 얼마큼 알고 있니.
나는 너의 목소리만으로도 너의 행동이 들리는데.

너는 나를 어디까지 배웠니.
나는 너를 수도 없이 혼자 배워서
곁에 있어도 외로워서
이젠 그만 배우고 싶은데.

뭐가 급해서 그리

너를 물 위에 띄우니 금세 파도가 데려가 버려
쫓아갈 겨를도 없이 멍하니 쳐다보기 바빴고,

너를 하늘 위에 띄우니 금세 바람을 타고 가버려
긴 아득함에 고개를 떨어뜨리기만 했다.

그대는 어째서 그리 빨리도 떠나기만 하는가.

주말

———

바람 선선한 가을이 되면 우리 예쁜 것을 보러 떠나요. 바쁜
주말은 피해 조금 늦은 저녁, 이른 아침을 보기 위해 떠나요.
그때쯤엔 많은 게 바뀌어 있겠죠.
우리는 따뜻한 색으로 물들고 마음은 조금 더 가까워지겠죠.
그대를 오래 볼 수 있었으면 해요.
그대를 생각하면 함께 한 사계절이 모두 생각날 만큼.
지키지 못할 말들은 꺼내지 말기로 해요.
의미 없는 것들에 더 이상 시간 낭비를 하고 싶진 않으니까.

우리 오늘도 좋은 하루 보내요.
어제보다 조금 더 애틋하게.

계절

―――

너로 인해 계절이 가득 차던 시절이 있었지. 하루하루가 너로
빼곡했고 너도 나로 빼곡했고, 당연한 듯 우리는 서로를 찾기
바빴어. 그러다 우리는 한 걸음씩 차이가 나게 걷기 시작했
어. 먼저 거리를 두고 걷기 시작한 건 너였던 것 같아. 처음엔
속상한 마음이 앞섰지만 나는 한 걸음씩 앞서 걷는 너를 따라
가지 않기로 마음먹었어. 왜냐면 그것도 이해했으니까. 이해
하는 것도 사랑이 할 일에 포함된다고 생각했으니까.
그마저도 보내줘야 한다고 생각했거든.

이유가 어찌되었건 너였으니까.
네가 그렇게 차이를 두고 걸을 만한 이유가 있었을 테니까.

아마 우리에게 계절이라는 건 단순한 환절기 감기로 느껴지
진 않을 것 같아. 잠시라도 너는 내가 생각날 거고 나는 늘 그
계절이면 널 찾을 것 같거든. 우리는 그렇게 그 계절 안에서
아는 듯 모르는 듯 서로를 그리워하겠지.

그 의미

——

내가 너에게 서툴게 하고 있다면
빈틈을 보이고 싶지 않아 하는 내가
무언가를 자꾸 까먹고 자주 토라진다면
너를 좋아한다는 뜻이겠다.

나도 모르게 네가 내 마음속에 너무 커져서
너에게 좋아한다고 말하고 싶어진 것이다.

하지만 그 말을 하지 못해,
그 시간을, 그때를 찾지 못해
답답한 마음에 가끔은 울적한 표정을 짓기도,
멍하니 널 바라보기도 하는 것이다.

그러니 이제 내 마음을 알아주었으면.

산책

———

당신의 아침은 어떠한지 궁금했다.
밤새 뒤척이지 않았는지, 기분은 어떠한지, 옷은 따뜻하게 입
었는지, 바람은 여전히 매서운지, 햇빛은 적당히 밝은지.
걱정되는 것들이 너무 많아 당신의 아침을 산책했다.

내가 만난 당신의 아침에는 적당한 바람이 불었고, 햇빛은 유
난히 여린 빛을 내뿜었으며, 당신의 눈에 내가 비추었고, 당
신의 입술에서 내 이름이 내뱉어졌다.

그 순간 차가운 공기 속에 온기가 돌았고
우리는 그 온기를 나눠 가졌다.

당신을 위해 나선 산책길이 나에게 선물이 되었다.
당신에게 전해주려고 들고 간 온기를 되려 내가 선물 받았다.

그걸 알면서도

―――

우리의 사진도 시간이 지나면 빛이 바랜다는 것을 안다.
그걸 알면서도 우린 그 사진 안에 산다.
사람 바람을 맞으며, 밤새 그늘을 그리워하며.

지금이 지나면 그가 다시 찾아오지 않는다는 것을 안다.
그걸 알면서도 그의 안에 산다.
아직 일어나지도 않은 과거를 그리며,
그 과거 안에 그를 사랑하며.

우린 그걸 다 알면서도
그 안에서 사랑.
그 안에서 살아.

잠꼬대

———

잡으면 사라질 것 같아서 매번 잡기 망설여지는 당신이 내 옆
에서 가장 편안한 얼굴을 하고 나를 보며 웃고 있다.
위로를 받아야 할 사람은 정작 당신인데 당신을 보며 오히려
내가 위로를 받는다.

우리가 아닌 시간은 정신없이 빠르게 흐르고,
우리의 시간은 가장 느리고 더디게 흐르길.
그대의 온몸에 자국을 남기고도 눈에 붙은 눈곱 떼어줄 정도
의 여유가 있을 만큼.

더 디 고
느 리 게.

나중에, 우리

자꾸 나중을 말했다.
아직 까마득한 계절을 계획하며 달력을 만들었고
하루를 만들면 하루는 지워갔다.

당신과 오랫동안 함께 하고 싶어 그랬다.
자꾸 나중을 미리 말하면 그것이 이루어질까봐.
우리는 분명 계절을 계획했으니
온 계절 안에서 우리의 노래가 반복되길 빌면서.

바람

———

너와는 내 생에 가장 늦은 타이밍에 만나
안녕을 묻기도 전에 누가 먼저랄 것도 없이 서로를 알아보고
사랑을 말하고 싶다.

지금 네가 곁에 있다면
지금이 내 생에 가장 늦은 타이밍이라 말하고 싶다.

상실

그 속에 빠져야 안다.
나는 환희에 살고 있었다는 사실을.

그 사람은 작은 빛을 내는 사람이었지만
우리 함께일 때는 더욱 밝은 빛을 낸다는 사실을.

작은 인연이라고 간직하지 않았던 추억은
뒤적거려도 증명할 수 없는 시간들을 홀로 보냈다는 사실을

오늘을 겪어야 나중을 안다.
나중이 돼서야 오늘을 안다.

두려워하는 그날

—

조금 정중했으면 한다.
마지막에 예의를 갖추는 것이 무슨 의미가 있겠냐마는
적어도 최선을 다한 나에 대한 보상은 받고 싶다.

함께 한 날들이 너무도 많아
어떤 것에 우선순위를 두고 정리를 해야 할지
가늠도 하지 못하는 내가 착각이라도 하게.

그저 몇 글자를 가지고
우리가 함께 한 날들을 없애지 않았으면 한다.

그날만큼은 구구절절한 핑계를 댄다 해도
마음 상하지 않고 탓하지도 않을 테니
거짓을 진실이라 믿어 착각이라도 하게
정중한 거짓말을 하길 바란다.

새 거울

———

어제 보았던 거울로는 나의 모습이 잘 보이지 않아 새로운 거울을 사달라고 했다. 다음날 엄마는 길고 큰 전신거울을 방에 가져다 두셨다. 이제야 보인다. 남이 보는 나, 남에게 보여주고 싶은 나, 멍하니 소파에 앉아 거울 속의 나를 계속 들여다본다.

집에서는 그렇게 많은 틈을 보이면서 집 밖에 나가서는 틈 하나 없는 완벽한 사람이 되려고 노력하고 있구나.
틈이 있다는 건 감출 것이 아닌데, 안 좋은 것이 아닌데 뭐가 두려워 그리 감추기 바빴는지.

착각하고 있었다. 그냥 나를 위해 살면 되는데.
스스로를 더 바라보고, 들어주고, 느끼면 되는 일이었는데.

나는 오늘에서야 나를 제대로 봤다.

너는 없는 글

―

오늘 기분은 별로였어요.

할 일이 많았고 가족들의 분위기는 좋지 않아서 같은 공간에
있어도 차가운 공기가 돌곤 했어요. 뉴스에서는 폭염이 기승
을 부리고 있다고 떠들었는데도. 나는 아침밥을 먹지 않았어
요. 나는 아침밥을 잘 먹지 않아요. 관리하는 일이 없으면 거
의 챙겨 먹지 않거든요. 이건 당연히 몰랐겠죠. 알고 싶기는
했나 싶네요. 점심은 간단히 빵으로 때웠어요. 마침 빵이 있
길래, 그걸 먹고 입이 뭔가 심심해질 때 즈음 과자를 주워들
어 먹었어요. 그리고 나는 다시 책을 읽다가 글을 쓰기 시작
했어요. 계속 글을 쓰다 보니 저녁이 됐네요. 배는 고프지 않
아요. 강아지가 놀아달라고 앞에 앉아서 나만 쳐다보고 있길
래 같이 놀았어요. 집안에는 나 혼자 남았고 분위기가 너무
적적한 것 같아 노래를 틀었어요. 분위기가 괜찮네요. 어둠이

떨어지고 나니 마음이 좀 그래요. 기분이 별로여서 더 기분이
안 좋네요.

지금까지 당신이 궁금해 하지 않은 나의 하루예요.
지루한가요?

이 글에는 당신이 없어요. 당신을 배제했죠,
일부러.
나는 당신을 일부러 지워야 하는데
당신에게 나는 처음부터 없던 사람 같네요.

아직 어린아이가 맞다

——

하나 분명한 것은, 우리는 아직 어린아이가 맞다는 것이다.

나이의 뒷자리에 더는 자리가 없어 앞으로 넘어와 숫자가 바뀌어도 우린 여전히 엄마의 손길이 익숙하고 누군가가 챙겨주는 것을 익숙하게 생각하며 행복한 일에는 한없이 즐거워하고 슬픈 일에는 어른스럽게 넘긴다 말하지만, 어느 날 멍하니 노래를 듣다 어린아이처럼 우는 날도 있다. 그래서 우리는 상처에 민감하고 사랑에는 겁을 내며 살아가는데 매일 삐걱댄다. 당신만 넘어지고 다치고 외로운 삶이 아니라 우리가 모두 그렇다.

그러니 너무 외로운 하루를 보내지도, 홀로 추운 하루를 보내
지도 않았으면 좋겠다. 매일 갈림길에 서서 어디로 가야 할지
너무 고민하지 말고 어른을 동경하며 어린아이처럼 밝게 웃
는 맑은 하루를 보냈으면, 밤이 지나면 낮이 오고 겨울이 지
나면 봄이 올 테니까. 분명 맑은 하루가 그대를 기다리고 있
으니까.

향수

나는 그날 당신의 향수를 나눠 뿌렸을 뿐인데, 당신과 떨어져
있던 시간에도 우리가 계속 함께 있다고 느껴졌다.

단지 향을 나눴을 뿐인데.

마음을 나눈다면 어떤 느낌일까.
당신의 세계 정도는 구경할 수 있으려나.

내가 놓친 사람

———

오늘도 분명 내가 못 본 사람이 있을 터.
그 사람들에게 미안하다.
나에게 등을 보이고 어깨를 들썩이는 사람, 다른 곳을 보며
우울한 표정을 숨기는 사람, 무거운 짐을 들고 계단을 오르는
사람, 매일 이른 아침을 준비하는 사람, 퇴근 후 갖은 투정에
도 짜증 한번 내지 않는 사람, 휴식을 뒤로한 채 나와 시간을
보내주는 사람, 나의 배꼽시계를 걱정해주는 사람, 힘들어하
는 내 손을 이끌어주는 사람.

그 사람들에게 고맙다.
우리는 생애 한번, 고작 아는 사람일 뿐인데
그런 사람인 내 옆에 지긋이 있어줘서.

10월의 일기

————

예전의 나와 비교하자면 많이 담담해졌다.

사람에 대한, 사랑에 대한 기대 같은 것들이 이제 조금 유해
진 것 같다. 예전의 나는 어렸고 사랑에 대해서는 더 어렸었
다. 놓으면 떠나갈 것들이 많아서 뭐든 단단히 붙잡으면 놓치
지 않을 것이라 생각했고 그래야만 되는 줄 알았다.

그러다 보니 새로운 것이 오면 그것들을 잡을 손의 여백을 찾
지 못했고, 많은 것들을 놓쳤다.

그러다 어느 날 갑자기 손에 쥐고 있던 것들이 하나씩 사라지
기 시작했다. 분명 잡고 있으면 놓치지 않을 것이라 생각했는
데, 그것들은 내 의지대로 되는 것이 아니었다. 내가 잡고 있
는 것들은 대부분 어딘가에 잠시 묶여 있는 거라 누군가 조금
이라도 풀려고 하면 언제든 풀어질 준비를 하고 있었다.

나는 그것도 모르고 의미 없는 것까지 모두 잡고 있느라 다른 것들을 잡지 못했다.

하지만 떠나간 것, 잡지 못한 것들에 대한 미련은 두지 않기로 했다. 돌아올 것들이라면 다시 내게 돌아왔을 테니까. 분명 다시 돌아왔을 테니까. 분명 다시 돌아왔으니까.

지금 나는 누군가를 잡을 수 있는 한 손의 여백만을 남겨두었
다. 놓치지 않으려 노력하지 않아도, 비어버린 여백을 두려워
하지 않아도 나를 먼저 찾아주는 그 손을 위해.

많은 것을 잡지 않아도 좋다.
따뜻한 그 손이 내 손과 바짝 포개질 수 있다면.

풍경

별이 무수한 밤.
그 풍경에 너를 걸어놓고
나는 너에게 한없이 빠지기만 한다.

낮이 찾아와도 너는 여전히 반짝거릴 테니.

경험

―――

나는 그저 당신의 지난날 중 하루를 경험했을 뿐인데,
나를 보며 늘 웃어주던 당신을 떠올리니 마음이 아팠다.
소란한 곳에서도 혼자 느꼈을 정적에 웃음을 잃었을 텐데,
나에게 매일 따뜻한 손을 내밀어주며 밝은 웃음으로
여전한 사랑을 주던 당신에게 고마워서.

나는 당신에게 더 밝은 사람이 되어야겠다.
더 깊은 사람이 되어야겠다.

달콤

___

아무것도 아닌 말들도 당신이 하면 달다.
당신이 가진 달짝지근하고 미지근한 온도.

나는 당신의 온기를 느끼며
당신의 곁에 늘 머물고 싶다.

더 달고, 따뜻하게.

NYSE

가장 오랜 것들을 꿈꾼다

———

당신의 생에서 나는 아주 일부분일 수도 있지만
나는 그걸 알면서도 가장 오랜 것을 꿈꾼다.

추운 겨울 피지도 않은 벚꽃을 기다리며
더운 여름을 걱정하기도 하고
노을 진 단풍잎을 상상하며
또다시 추워질 다음 겨울을 상상한다.

더 오래 함께 하고 싶어 무작정 가장 오랜 것들을 꿈꾼다.

선물 같은 사람

———

몇 계절을 떠돌다 만난 당신은
잠시 뒤돌면 떠나버릴까 불안했고
닿으면 닳을까 두려웠다.

그런 당신에게 나는 매번 서툴고 여전히 삐끗거리지만
당신은 내가 가장 아끼는 선물 같은 사람이다.

당신을 만나기 전까지 홀로 많은 계절을 의미 없이 보냈다 하
더라도 지금 나는 당신을 만났기에 그 시간이 결코 의미 없었
다 생각하지 않는다. 그 시간을 겪었기 때문에 당신이 더 소
중 하다는 것을 알았으니까.

당신에게 나도 늘 선물 같은 사람이 되고 싶다.

사랑하는 내 사람.

오늘도 나는 당신에게 선물이길.

우리의 웃음소리가 끊이지 않길.

한 계절을 보내며,

———

해나

그토록 원하던 삶은 아니었습니다.
처음부터 무언가를 바라고 기다리는 사람은 아니라, 그냥 나
에게 주어진 대로 하루를 잘 사는 사람이었습니다.

그러다 계절을 맞았지요. 갑자기 더워졌다 추워졌다를 반복
하네요. 그래도 저는 이 계절 안에서 지내렵니다. 지나가는
계절 속에 지내렵니다. 제가 하고 싶은 일들을 하나씩 이루
며, 그것들을 지켜보고 행복해하며.

갑자기 어딘가로 떠나버리고 연락도 없던 내가 집으로 돌아
간 지 며칠 되었을 때에 어머니께서 말씀하셨습니다. 인생에
정답은 없다고, 하고 싶은 일은 모두 도전해보라고.
그것들을 먼저 겪어봤기에 이해하는 것이라고, 이해하는 것
도 사랑이라고. 결과가 어떻든 먼저 해보는 것이 가장 중요하

다고 생각합니다. 실패하면 뭐 어떻습니까, 그래도 우리는 해 봤다는 게 중요한 것 아닐까요.

어쩌다 보니 읽히는 삶을 살게 되었습니다.
우리 머뭇거리지 말고 움직입시다. 시간은 일시정지가 되지 않으니까요. 그래서 지금 곁에 있는 사람들이 내게 얼마나 소중한지 알고 있으니까요.

곁에 머물러준 사람들, 나를 다시 찾아준 사람들, 나에게 먼저 손을 내밀어준 사람들에게 모두 감사합니다. 앞으로도 곁에 머물러주세요.
지금 옆에 있는 내 사람도, 우리 가족도, 우리 강아지도
오래 사랑합시다. 감사합니다.

한 계절을 보내며.

———

흔글

제가 썼던 몇 권의 책이 생각보다 큰 사랑을 받아서 벅찬 마음이 가득합니다. 시간과 마음이 허락할 때 많은 이야기를 전해드리고 싶습니다. 사랑은 계속되고 행복처럼 불행 또한 늘 우리 곁에 살아 있을 거지만 우리는 꿈꾸며 삽시다.

주어진 날들은 우리의 것입니다.
저는 한동안 사람을 사랑하는 일에 힘을 쓸 생각입니다.
곧 다가올 봄에는 사랑이 더 피어나겠죠.

온 거리에 꽃이 피어나면 행복해집시다.
그리고 눈발이 휘날리는 계절에도 행복합시다.

늘 영원히 행복하게.